白魔女リンと3悪魔

フルムーン・パニック

成田良美／著
八神千歳／イラスト

★小学館ジュニア文庫★

白《しろ》魔女《まじょ》リン☆と3悪魔《あくま》 フルムーン・パニック

White Witch Rin & Three Devils

Contents《コンテンツ》

Characters《キャラクター》

天《あま》ヶ《が》瀬《せ》リン

13歳《さい》の誕生日《たんじょうび》に白魔女《しろまじょ》だと気《き》づいた中学生《ちゅうがくせい》。それと同時《どうじ》に3悪魔《あくま》と婚約《こんやく》することに！　時《とき》の狭間《はざま》に生《う》まれたため、星座《せいざ》はない。

瓜《う》生《りゅう》御《み》影《かげ》

リンの事《こと》が大好《だいす》きな悪魔《あくま》。情熱的《じょうねつてき》すぎてリンもドキドキ。猫《ねこ》の時《とき》は、ルビー色《いろ》の眼《め》の黒猫《くろねこ》。悪魔《あくま》の時《とき》は、炎《ほのお》を操《あやつ》る。

前《まえ》田《だ》虎《こ》鉄《てつ》

気《き》まぐれなようにみえて、自分《じぶん》をしっかり持《も》っている悪魔《あくま》。猫《ねこ》の時《とき》は、タイガーアイの虎猫《とらねこ》。悪魔《あくま》の時《とき》は、風《かぜ》、竜巻《たつまき》を操《あやつ》る。

北《ほう》条《じょう》零《れい》士《じ》

冷静沈着《れいせいちんちゃく》だけど、リンのことになると熱《あつ》くなることも…!?　猫《ねこ》の時《とき》は、ブルーアイの白猫《しろねこ》。悪魔《あくま》の時《とき》は、氷《こおり》、凍結、ブリザードを操《あやつ》る。

神《かん》無《な》月《づき》綺《き》羅《ら》

リンの通《かよ》う鳴星学園《めいせいがくえん》の生徒《せいと》会長《かいちょう》。成績《せいせき》トップで、日本有《にほんゆう》数《すう》のお嬢様《じょうさま》で、さらにモデルもしている。だけど正体《しょうたい》は、リンを狙《ねら》う黒魔女《くろまじょ》で…。

群《むら》　雲《くも》

いつも綺羅《きら》のそばにいて、綺羅《きら》のことを考《かんが》えている美《び》青年《せいねん》。だが実《じつ》は悪魔《あくま》で、猫《ねこ》の時はパープルアイの瞳《ひとみ》を持《も》つ。

Story《ストーリー》

わたし天ケ瀬《あまがせ》リンは13歳《さい》の誕生日《たんじょうび》に、白魔女《しろまじょ》だってことが分《わ》かったの！

「ハッピーバースディ、リン」

しかも学園《がくえん》のイケメンベスト3が、みんな悪魔《あくま》で猫《ねこ》で、私《わたし》の婚約者《こんやくしゃ》だって！

いきなりそんなこと言《い》われても…。

猫《ねこ》ver.《バージョン》

ドキドキ♥

「リン、好《す》きだ」

瓜生御影《うりゅうみかげ》くんはすごく情熱《じょうねつ》的《てき》で気持《きも》ちもストレート。

ドキドキ♥

「君《きみ》を守《まも》りぬく」

北条零士《ほうじょうれいじ》くんは、頭《あたま》が良《よ》くていろんな呪文《じゅもん》を知《し》っているんだ。

第《だい》1話《わ》 黒《くろ》魔《ま》女《じょ》の誕《たん》生《じょう》日《び》

1

長《なが》い夏休《なつやす》みが終《お》わって、学園《がくえん》に通《かよ》う日常《にちじょう》がはじまった。

星占《ほしうらな》い部《ぶ》の部室《ぶしつ》、時計塔《とけいとう》の部屋《へや》でわたしは紅茶《こうちゃ》を淹《い》れながらつぶやいた。

「誰《だれ》も来《こ》ないねえ」

星占《ほしうらな》い部《ぶ》では、星占《ほしうらな》いやお悩《なや》みなどの相談事《そうだんごと》をうけたまわっている。

放課後《ほうかご》、相談事《そうだんごと》のある人《ひと》が来《こ》ないか、待《ま》っているんだけど。

テーブルの上《うえ》で、オシャレな格好《かっこう》をした人形《にんぎょう》にとり憑《つ》いている幽霊《ゆうれい》の蘭《らん》ちゃんが、ノートに洋服《ようふく》のデザイン画《が》を描《か》きながら言《い》う。

「たまにはいいんじゃない？　悩《なや》み相談《そうだん》がないってことは、平和《へいわ》ってことだし」

「それもそうだね」

悩《なや》みはないに、こしたことはない。

黒猫《くろねこ》がわたしのすぐそばの長椅子《ながいす》の上《うえ》で、虎猫《とらねこ》は風通《かぜとお》しのいい窓際《まどぎわ》で、白猫《しろねこ》はソファの上《うえ》で行儀《ぎょうぎ》よく、それぞれのんびりとお昼寝《ひるね》している。

あぁ、とっても平和《へいわ》。

そんな中《なか》、わたしは紅茶《こうちゃ》を飲《の》みながら、思《おも》わず溜息《ためいき》をついてしまった。

「はあ……」

3匹《びき》の猫《ねこ》がぴんと耳《みみ》を立《た》てて、そろってこちらを見《み》た。

黒猫《くろねこ》がむくりと起《お》き上《あ》がり、

「リン、どうしたんだ？　溜息《ためいき》なんかついて。悩《なや》み事《ごと》か？　なんだ？　何《なに》があったんだ⁉」

虎猫《とらねこ》が窓辺《まどべ》からジャンプしておりてきて、

「そんなときはすぐに相談《そうだん》した方《ほう》がいい。もちろん、俺《おれ》にな」

「悩《なや》み相談《そうだん》をしている本人《ほんにん》が悩《なや》みを抱《かか》えているとしたら、本末転倒《ほんまつてんとう》だ。解決《かいけつ》するために、僕《ぼく》に相談《そうだん》してほしい」

白猫《しろねこ》が青《あお》い瞳《ひとみ》で見《み》つめてくる。

わたしは笑《わら》いながら首《くび》を横《よこ》にふった。

「ううん。悩《なや》みとか、そういうのじゃないの。ただ……」

3匹《びき》の猫《ねこ》が身《み》をのりだす。

「「「ただ？」」」

「綺《き》羅《ら》さんと群雲《むらくも》さんが、すごかったなぁと思《おも》って」

戦《たたか》うふたりの姿《すがた》が目《め》に焼《や》きついている。

背中《せなか》を合《あ》わせて、呼吸《こきゅう》を合《あ》わせて、心《こころ》を合《あ》わせて、そして魔力《まりょく》を倍増《ばいぞう》させて、無数《むすう》のグールを難《なん》なく片付《かたづ》けてしまった。

とっても素敵《すてき》で、かっこよくて。

その姿《すがた》に、わたしはすっかりあこがれてしまった。

「わたしも、あんなふうになれたらなぁって……」

首《くび》からかけているペンダント、スタージュエルを手《て》にしながらつぶやいた。

白魔女《しろまじょ》だったお母《かあ》さんからもらった魔法具《まほうぐ》。

すごい魔法具《まほうぐ》らしいんだけど、使《つか》い方《かた》とか、まだよくわからない。

いつも御影君《みかげくん》たちに守《まも》られてばかりで、白魔女《しろまじょ》にはなったけど……まだまだ未熟者《みじゅくもの》。

そう思《おも》うと、つい溜息《ためいき》が出《で》てしまう。

すると黒猫《くろねこ》が御影君《みかげくん》の姿《すがた》になり、真顔《まがお》で言《い》った。

「俺《おれ》もだ。俺《おれ》も、リンと同《おな》じことを願《ねが》っていた」

「えっ、ホント？」

そっか、御影君《みかげくん》も。

わたしたちも一緒《いっしょ》に魔法《まほう》の練習《れんしゅう》をすれば、あんなふうになれるかな？

少《すこ》しでも近《ちか》づけるかな？

そんなことを考《かんが》えていると、突然《とつぜん》、御影君《みかげくん》がわたしを抱《だ》き寄《よ》せて言《い》った。

「その願《ねが》い、いますぐ俺《おれ》が叶《かな》える」

え？　え？

戸惑《とまど》っているわたしに、御影君《みかげくん》はキスしようとしてきた。

え〜〜〜!?

唇《くちびる》がふれそうになった瞬間《しゅんかん》、御影君《みかげくん》が強風《きょうふう》に吹《ふ》き飛《と》ばされた。

「うお?!」

びっくりして目《め》をつむってしまったら、次《つぎ》に開《あ》けたときには虎鉄君《こてつくん》に抱《だ》き寄《よ》せられてい

て、

「リンとのキスなら、いつでもウェルカムだし。ん〜〜〜」

近《ちか》づいてきた虎鉄君《こてつくん》の口元《くちもと》を、零士君《れいじくん》ががしっと手《て》でふさぐ。

「先走《さきばし》るな。誰《だれ》とのキスを望《のぞ》んでいるのか、肝心《かんじん》なことをリンは言《い》っていない」

俺《おれ》だ、俺《おれ》だ、と言《い》いながら、フーッ！　と3人《にん》はにらみ合《あ》う。

え？　え？　え？

「キ、キス……？」

ばくばくする心臓《しんぞう》をおさえながら問《と》うと、御影君《みかげくん》がほんのり頬《ほお》を赤《あか》くしながら言《い》った。

「だから、リンは、あいつらみたいにしたいんだろ？　……キス」

綺羅《きら》さんと群雲《むらくも》さんの熱烈《ねつれつ》なキス。

その光景《こうけい》を思《おも》い出《だ》して、御影君《みかげくん》たちとそうなる姿《すがた》を想像《そうぞう》して……顔《かお》が真《ま》っ赤《か》になった。

わたしは、あわてふためきながら、

「ち、違《ちが》うよ〜！　綺羅《きら》さんたちみたいに魔法《まほう》を使《つか》えるようになりたいなって……そう思《おも》っただけだよ！」

輝《かがや》いていた御影君《みかげくん》たちの目《め》が、ふっと電気《でんき》が消《き》えたみたいになって、

「なんだ……そっかぁ……」

「まあ、そんなことだろうとは思《おも》ったけどよ……ちょい、がっかり」

「すまない、大《おお》きな期待《きたい》と勘違《かんちが》いをしてしまった……」

3人《にん》は肩《かた》を落《お》として、深《ふか》く溜息《ためいき》をついた。

「あの、えっと……ごめんなさい」

申《もう》しわけなく思《おも》っていると、蘭《らん》ちゃんが言《い》い放《はな》った。

「リンが謝《あやま》ることないわよ。勝手《かって》に勘違《かんちが》いして、勝手《かって》にがっかりしてるだけなんだから。

……ところで、あれ、何《なに》かしら？」

「え？」

蘭《らん》ちゃんが指《ゆび》さしたドアの方《ほう》を見《み》ると。

ドアと床《ゆか》の隙間《すきま》に、紙《かみ》のようなものがさしこまれているのが見《み》えた。

「なんだろ？」

わたしがここに来《き》たときにはなかったはずだけど、いつの間《ま》に？

零士君《れいじくん》がドアの方《ほう》へ行《い》き、それを手《て》にとった。

「手紙《てがみ》のようだな」

それは一通《いっつう》の封筒《ふうとう》で、零士君《れいじくん》がわたしにさしだした。

「リン、君宛《きみあ》てだ」

「わたし？」

封筒《ふうとう》は、きれいなラベンダー色《いろ》をしている。

表《おもて》には『天ヶ瀬《あまがせ》リン様《さま》』と書《か》かれている。

「誰《だれ》からだろ？」

悩《なや》み相談《そうだん》の手紙《てがみ》かな？　と思《おも》ったけど、封筒《ふうとう》を裏返《うらがえ》して、そこに書《か》かれていた差出人《さしだしにん》の名前《なまえ》を見《み》て、わたしは驚《おどろ》いた。

「えっ⁉　綺羅《きら》さん⁉」

御影君《みかげくん》も虎鉄君《こてつくん》も、驚《おどろ》いた様子《ようす》で封筒《ふうとう》を見《み》る。

「黒魔女《くろまじょ》から？」

「マジか？」

神無月綺羅《かんなづききら》。

たしかにそう書《か》かれていて、封筒《ふうとう》は、銀色《ぎんいろ》の三日月《みかづき》のシールで封《ふう》がされている。

「何《なに》か仕掛《しか》けられているかもしれない。僕《ぼく》が開《あ》けよう」

零士君《れいじくん》が封筒《ふうとう》を開《あ》けて、入《はい》っているものをとりだした。
中《なか》には、『ご招待状《しょうたいじょう》』と書《か》かれた二《ふた》つ折《お》りのカードが入《はい》っていた。
カードを開《ひら》くと、こう書《か》かれていた。

拝啓《はいけい》
さわやかな秋晴《あきば》れのつづく今日《きょう》この頃《ごろ》、皆様《みなさま》にはお変《か》わりなくお過《す》ごしのことと思《おも》います。
さて、来《きた》る9月《がつ》9日《か》をもちまして、私《わたし》は15歳《さい》の誕生日《たんじょうび》を迎《むか》えることになりました。
この記念日《きねんび》に、日頃親《ひごろした》しくお付《つ》き合《あ》いいただいている方々《かたがた》をお招《まね》きして、ささやかな小宴《しょうえん》を催《もよお》したいと存《ぞん》じます。
当日《とうじつ》お会《あ》いできますことを楽《たの》しみに、心《こころ》よりお待《ま》ち申《もう》し上《あ》げております。
日時《にちじ》　9月《がつ》9日《か》（日《にち》）11時《じ》
場所《ばしょ》　神無月家《かんなづきけ》　本邸《ほんてい》

敬具《けいぐ》

神無月綺羅《かんなづききら》

「9月《がつ》9日《か》、綺羅《きら》さんの誕生日《たんじょうび》……」

零士君《れいじくん》が鋭《するど》い表情《ひょうじょう》で言《い》う。

「バースデーパーティーの招待状《しょうたいじょう》のようだな」

蘭《らん》ちゃんがわたしに言《い》った。

「リン、黒魔女《くろまじょ》ノート、とってくれる？」

「あ、うん」

わたしは本棚《ほんだな》へ行《い》って、一冊《いっさつ》のノートをとりだした。

モデルをやっている綺羅《きら》さんは、よく雑誌《ざっし》に載《の》っている。

綺羅《きら》さんのことを知《し》るための手《て》がかりになるかもしれないと思《おも》い、綺羅《きら》さんの写真《しゃしん》や記《き》事《じ》を切《き》り抜《ぬ》いて貼《は》っている。

綺羅《きら》さんに関《かん》するノート——通称《つうしょう》、黒魔女《くろまじょ》ノートだ。

渡《わた》したノートを、蘭《らん》ちゃんは机《つくえ》の上《うえ》でよいしょっとめくる。

そして綺羅《きら》さんのプロフィールが載《の》っているページを開《ひら》いた。

「黒魔女《くろまじょ》の誕生日《たんじょうび》、公式《こうしき》プロフィールも9月《がつ》9日《か》になってるわね」

「9月《がつ》9日《か》……3日後《かご》だね」

御影君《みかげくん》が眉《まゆ》をひそめた。

「どうしてリンに、黒魔女《くろまじょ》から招待状《しょうたいじょう》が来《く》るんだ？」

「十中八九《じっちゅうはっく》、罠《わな》だろう。リンをおびき寄《よ》せ、何《なに》かを仕掛《しか》けてくるつもりかもしれない」

警戒《けいかい》する零士君《れいじくん》に対《たい》して、虎鉄君《こてつくん》がわくわくした表情《ひょうじょう》で言《い》う。

「つまり、こりゃあ挑戦状《ちょうせんじょう》だな。ガチに対決《たいけつ》して、リンと俺《おれ》たちを倒《たお》そうってことじゃね？」

「ふざけた奴《やつ》らだ。こんなもの！」

御影君《みかげくん》が招待状《しょうたいじょう》を握《にぎ》りしめて、燃《も》やそうとする。

「待《ま》って、御影君《みかげくん》！」

わたしはあわてて御影君《みかげくん》を止《と》めた。

「えっと……せっかく招待状《しょうたいじょう》が来《き》たんだし……行《い》ってみない？」

御影君《みかげくん》たちは驚《おどろ》いてわたしを見《み》る。

「リンは行《い》くつもりか？　黒魔女《くろまじょ》のバースデーパーティーに」

「行《い》けば、綺羅《きら》さんと話《はな》せるかなぁ……と思《おも》って」

綺羅《きら》さんから招待状《しょうたいじょう》が来《く》るなんて、すごく驚《おどろ》いた。

しかも、誕生日《たんじょうび》という特別《とくべつ》な日《ひ》に招《まね》かれるなんて。

驚《おどろ》いたけど、なんだか少《すこ》しうれしい気持《きも》ちもあって、行《い》かないのはもったいないって思《おも》ってしまった。


零士君《れいじくん》がうなずいた。

「これが罠《わな》である可能性《かのうせい》は高《たか》いが、パーティーは神無月家《かんなづきけ》の本邸《ほんてい》で行《おこな》われる。いわば相手《あいて》の本拠地《ほんきょち》。そこに入《はい》るチャンスでもある」

虎鉄君《こてつくん》が身《み》をのりだして、

「おもしろいじゃねえか。罠《わな》、挑発《ちょうはつ》、なんだろうと、受《う》けて立《た》とうぜ。勝《か》つには、守《まも》ってるだけじゃなく攻《せ》めねえとな」

御影君《みかげくん》がわたしと向《む》き合《あ》って、問《と》いかけてきた。

「リンは、行《い》きたいんだな？」

「……うん。またみんなに迷惑《めいわく》かけちゃうと思《おも》うけど、いいかな？」

御影君《みかげくん》は笑顔《えがお》でうなずいてくれた。

「もちろん。リンが行《い》きたいなら、どこへでも」

零士君《れいじくん》もうなずいて、

「では、9月《がつ》9日《か》、黒魔女《くろまじょ》の館《やかた》にのりこむとしよう」

「おっしゃ！　楽《たの》しみだぜ」

うれしそうに笑《わら》う虎鉄君《こてつくん》、やる気満々《きまんまん》だ。

蘭《らん》ちゃんが立《た》ち上《あ》がって言《い》った。

「黒魔女《くろまじょ》やグールとの戦《たたか》いは、あなたたちに任《まか》せるわ。リン、女《おん》の子《こ》の戦《たたか》いは、わたしに任《まか》せてね！」

「女《おんな》の子《こ》の戦《たたか》いって？」

「オシャレバトルよ！　神無月財閥《かんなづきざいばつ》の令嬢《れいじょう》の誕生日《たんじょうび》ってことは、かなり豪華《ごうか》なパーティーだと思《おも》うの。どんなドレスを着《き》ていくかはもちろん、どんなヘアスタイルにして、どんなアクセサリーをつけるか、すごく重要《じゅうよう》よ。ドレスは女《おんな》の子《こ》の戦闘服《せんとうふく》なんだから！」

なるほど。

どんな格好《かっこう》をしてパーティーに行《い》くか、女《おんな》の子《こ》にとって楽《たの》しいことでもあるけど、同時《どうじ》にすごく悩《なや》むところでもある。

「しっかりドレスアップしなきゃね。おとなしすぎると目立《めだ》たないし、あんまり派手《はで》だと悪目立《わるめだ》ちしちゃう。パーティーまで3日《か》、いいコーディネートを考《かんが》えるわ！」

「うん、ありがと」

ドレスアップは蘭《らん》ちゃんが考《かんが》えてくれるから、心配《しんぱい》ない。

御影君《みかげくん》たちが一緒《いっしょ》だから、危険《きけん》があっても大丈夫《だいじょうぶ》。

問題《もんだい》は、あとひとつ。

「誕生日《たんじょうび》プレゼント、何《なん》にしようかなぁ？」

つぶやくと、蘭《らん》ちゃんもみんなも驚《おどろ》いた顔《かお》でわたしを見《み》てきた。

「黒魔女《くろまじょ》への誕生日《たんじょうび》のプレゼントを、もっていくつもり？」

「うん。バースデーパーティーにお呼《よ》ばれするんだから、やっぱりプレゼントをもっていかないと。どんなものが喜《よろこ》んでもらえるかなぁ？」

蘭《らん》ちゃんがいぶかしげに首《くび》をかしげる。

「それ、本気《ほんき》で言《い》ってる？」

「うん」

わたしたち魔女《まじょ》にとって、誕生日《たんじょうび》とは、時《とき》の狭間《はざま》からこの世界《せかい》に来《き》た日《ひ》。

ふつうの人《ひと》たちの誕生日《たんじょうび》とはちょっと違《ちが》うけど、特別《とくべつ》な日《ひ》には変《か》わりないから、お祝《いわ》いしなきゃって思《おも》ったんだけど、蘭《らん》ちゃんはあきれ顔《がお》でわたしを見《み》ている。

「え？　おかしいかな？」

「ふつうに考《かんが》えれば、ね。だって、襲《おそ》ってくる敵《てき》の誕生日《たんじょうび》をお祝《いわ》いして、しかも喜《よろこ》んでもらいたい、なんて。あんまり聞《き》いたことないわ」

虎鉄君《こてつくん》が楽《たの》しげに笑《わら》った。

「いいんじゃね？　リンらしくて。なあ？」

「ああ」

御影君《みかげくん》が微笑《ほほえ》み、零士君《れいじくん》もうなずいてくれた。

「相手《あいて》が受《う》けとるかどうかはわからないが、君《きみ》の思《おも》うようにやってみるといい」

「うん。ありがとう」

蘭《らん》ちゃんが、黒魔女《くろまじょ》ノートを見《み》ながら考《かんが》えこむ。

「黒魔女《くろまじょ》の欲《ほ》しいものねぇ……モデルをやってるくらいだから、オシャレは好《す》きだと思《おも》うけど」

「じゃあ、アクセサリーはどうかな？」

「うーん……悪《わる》くはないと思《おも》うけど、アクセサリーってすごく好《この》みが分《わ》かれるのよねぇ。まして相手《あいて》はモデル、オシャレのプロよ。プロを喜《よろこ》ばせるのって、すごく難《むずか》しいわよ」

わたしは黒魔女《くろまじょ》ノートをめくって、綺羅《きら》さんの写真《しゃしん》のページを開《ひら》いた。

写真一枚一枚《しゃしんいちまいいちまい》、それぞれ異《こと》なった服《ふく》やアクセサリーをつけている。

「綺羅《きら》さんの写真《しゃしん》、たくさんあるけど……身《み》につけてるもので、好《この》みってわからないかな？」

「こういう雑誌《ざっし》で身《み》につけてるものは、たいていスタイリストやスポンサーが選《えら》んでるのよ。選《えら》んでるのは本人《ほんにん》じゃないから、ちょっと好《この》みはわからないわね。何《なに》がほしいかを聞《き》くのがてっとり早《ばや》いけど、聞《き》いても素直《すなお》に教《おし》えてくれる人《ひと》ではないだろうし」

アクセサリー、いいアイデアだと思《おも》ったんだけど。

綺羅《きら》さんのオシャレの好《この》み、蘭《らん》ちゃんがわからないならお手上《てあ》げだ。

(プレゼントって、難《むずか》しいな)

相手《あいて》のことを知《し》らないと、何《なに》をプレゼントすればいいのか、わからない。

(綺羅《きら》さんが喜《よろこ》んでくれるものって、何《なん》だろう？)

2

次《つぎ》の日《ひ》の放課後《ほうかご》、わたしは時計塔《とけいとう》へ行《い》く前《まえ》に、1年《ねん》5組《くみ》へ寄《よ》った。

つきそいで、御影君《みかげくん》、虎鉄君《こてつくん》、零士君《れいじくん》も一緒《いっしょ》に来《き》てくれている。

わたしは廊下《ろうか》からひょこっと5組《くみ》の教室《きょうしつ》をのぞいて、目当《めあ》ての人《ひと》を探《さが》す。

「あの～……」

瞬間《しゅんかん》、きゃ～！　と女《おんな》の子《こ》たちの声《こえ》が響《ひび》いた。

「み、御影君《みかげくん》がうちのクラスに～！」

「虎鉄君《こてつくん》、かぁっこいい～！」

「零様《れいさま》よ！　零様《れいさま》ぁ～！」

その騒《さわ》ぎで、教室《きょうしつ》の中央《ちゅうおう》でクラスメートとおしゃべりしていた青山《あおやま》かずみちゃんが、わたしたちに気《き》づいてくれた。

「あれ～？　リンリンじゃん！　イケメン彼氏《かれし》3人《にん》もおそろいで」

彼氏《かれし》……そんなふうに言《い》われると、なんだか照《て》れちゃう。

「かずみちゃん、ちょっといいかな？」

「いいよー！」

元気《げんき》に返事《へんじ》しながら、かずみちゃんはドアのところまで来《き》てくれた。

「どしたの？　何《なに》かあった？　なになに？」

「ちょっとかずみちゃんに教《おし》えてほしいことがあって」

かずみちゃんは学校一《がっこういち》の情報通《じょうほうつう》。

きっと綺羅《きら》さんのこともいろいろと知《し》っているに違《ちが》いない。

「いいよ。そのかわり、イケメンベスト3《スリー》！　好《す》きな子《こ》にどんなセリフで告白《こくはく》するのか、教《おし》えてちょうだい！」

「えっ!?　ど、どうして……？」

かずみちゃんは腰《こし》に手《て》をあてて、

「情報《じょうほう》を集《あつ》めるのにも、いろんな手間暇《てまひま》がかかってるんだから。タダじゃあ教《おし》えられないなぁ」

そ、そっか。

でも5組《くみ》の人《ひと》たちがみんなこっちを見《み》てる。

人前《ひとまえ》で告白《こくはく》のセリフを言《い》うなんて、いくら御影君《みかげくん》たちでも、恥《は》ずかしいんじゃないかな？

そう思《おも》ったんだけど。

「リン、好《す》きだ！」

御影君《みかげくん》がわたしと向《む》き合《あ》って、難《なん》なくやってみせた。

はう……！　心臓《しんぞう》が跳《は》ね上《あ》がる。

そうだ、御影君《みかげくん》の人前《ひとまえ》でいきなり告白《こくはく》は、いつものことだった。

負《ま》けじと、今度《こんど》は虎鉄君《こてつくん》が顔《かお》を寄《よ》せてきてささやく。

「俺《おれ》は誰《だれ》にも縛《しば》られたくねーけど、リンにならら縛《しば》られてもいい」

さらに零士君《れいじくん》が、うやうやしくわたしの手《て》をとって、

「リン、僕《ぼく》のすべてを君《きみ》に捧《ささ》げよう」

きゃ〰〰〰！　ひえ〰〰〰！　と悲鳴《ひめい》のような声《こえ》が響《ひび》く。

人前《ひとまえ》で告白《こくはく》……３人《にん》とも余裕《よゆう》でできちゃうんだね。

でも告白《こくはく》されるわたしの方《ほう》は余裕《よゆう》なんかなくて、耳《みみ》まで真《ま》っ赤《か》になってしまった。

うぅ、頭《あたま》から湯気《ゆげ》が出《で》そう。

かずみちゃんが満足気《まんぞくげ》にほくほく顔《がお》で笑《わら》った。

「どーもどーも。サービスありがとう！　おかげで、５組女子《くみじょし》がトキメキチャージできて、元気《げんき》いっぱいだよ！」

わたしたち、完全《かんぜん》にかずみちゃんのペースだ……。

きゃあ～～っ

「で、聞《き》きたいことって、なぁに？」

みんながいる前《まえ》ではちょっと話《はな》しづらいので、階段《かいだん》の踊《おど》り場《ば》までかずみちゃんに来《き》てもらって、わたしはさっそく綺羅《きら》さんについて聞《き》いてみた。

「生徒会長《せいとかいちょう》のほしいもの？」

「うん。綺羅《きら》さん、9月《がつ》9日《か》が誕生日《たんじょうび》なの。何《なに》かプレゼントをあげたいんだけど、何《なに》をあげたらいいか悩《なや》んじゃって」

へえぇ～！　と、かずみちゃんがすごく驚《おどろ》いた顔《かお》をした。

「リンリンって、生徒会長《せいとかいちょう》と友達《ともだち》なの？」

「え？　ううん、友達《ともだち》ってわけじゃないけど……ちょっと、いろいろあって」

「いろいろって？　そこんとこ、くわしく聞《き》きたいわ。どういう関係《かんけい》？」

かずみちゃんが顔《かお》を寄《よ》せてきて、ぐいぐい追求《ついきゅう》してきた。

実《じっ》は、綺羅《きら》さんは黒魔女《くろまじょ》で、わたしは白魔女《しろまじょ》。

……そんなこと、言《い》えない。

どう答《こた》えればいいか困《こま》っていると、零士君《れいじくん》がフォローしてくれた。

「星占《ほしうらな》い部《ぶ》を設立《せつりつ》するときに、リンは生徒会長《せいとかいちょう》に相談《そうだん》に乗《の》ってもらったんだ。そのときの礼《れい》もかねて、バースデープレゼントを渡《わた》したいと考《かんが》えている」

そっか、とかずみちゃんは納得《なっとく》したようにうなずいた。

(零士君《れいじくん》、ありがとう)

わたしは零士君《れいじくん》に心《こころ》の中《なか》でお礼《れい》を言《い》いながら、話《はなし》をつづけた。

「かずみちゃんなら、何《なに》か知《し》ってるんじゃないかと思《おも》って。綺羅《きら》さんの趣味《しゅみ》とか、好《この》みとか、なんでもいいの、知《し》ってることがあったら、教《おし》えて」

かずみちゃんは腕組《うでぐ》みをして、うーんと考《かんが》える。

かずみちゃんが言葉《ことば》を途切《とぎ》らせるなんてめずらしい。

「生徒会長《せいとかいちょう》の情報《じょうほう》はいろいろあるにはあるんだけどね、一言《ひとこと》で言《い》うと、よくわかんない、かな」

「わかんない……？　情報《じょうほう》はあるのに？」

それって、どういうことだろう？

「たとえばさ……リンリンは、ズバリ猫好《ねこず》き！　でしょ？」

「えっ!?　どうしてわかるの？」

かずみちゃんはわたしが持《も》っている通学《つうがく》カバン、そこについているキーホルダーを指《ゆび》さした。

「だって、持《も》ち物《もの》が猫《ねこ》グッズだらけだから」

キーホルダーは猫《ねこ》。

それだけじゃない。

「筆箱《ふでばこ》も、ノートも、ぜ〜んぶ猫《ねこ》でしょ？　好《す》きなもの、ものすごーくわかりやすいよ」

「あはは……だね」

猫《ねこ》グッズって、かわいいものがすごく多《おお》いんだもん。

ついつい集《あつ》めちゃう。

「趣味《しゅみ》や好《この》みって、その人《ひと》の持《も》ち物《もの》を見《み》ればだいたいわかるんだけどね。でも会長《かいちょう》の持《も》ち物《もの》を見《み》ても、そのへんが、ぜーんぜんわかんなくて」

「どうして？」

「ノートも筆箱《ふでばこ》もカバンも、なんのキャラクターも模様《もよう》もない、シンプルなもの。ハンカチは白《しろ》、靴下《くつした》は黒《くろ》、ヘアゴムも黒《くろ》。生徒会長《せいとかいちょう》だから、生徒《せいと》の模範《もはん》になるように派手《はで》にならないようにしてるのかもしれないけど。モデルをやっているのに、ぜんぜん飾《かざ》り気《け》がないのが、ちょっと違和感《いわかん》あるんだよね」

言《い》われてみれば、たしかに。

「あとさ、あれだけ美人《びじん》だと、ふつう告白《こくはく》する男子《だんし》がたくさんいてもおかしくないと思《おも》うんだ。でも、あたしが調《しら》べたかぎりだと、ひとりもいないんだよね」

「ひとりも？」

「カンペキすぎる美人《びじん》だと、男子《だんし》はちょっと引《ひ》くのかもねー。あたしも、なんか近寄《ちかよ》りがたくて」

「へえ……」

どんな人《ひと》とでも、すぐに仲良《なかよ》くなっちゃうかずみちゃん。

そのかずみちゃんが近寄《ちかよ》りがたいなんて、びっくり。

「生徒会長《せいとかいちょう》って、全校生徒《ぜんこうせいと》の投票《とうひょう》で決《き》まるじゃない？　人望《じんぼう》があって生徒会長《せいとかいちょう》に選《えら》ばれたのに、なぜか友達《ともだち》って感《かん》じの人《ひと》がいないんだよね。生徒会《せいとかい》も、仕事《しごと》としてやってる感《かん》じで。メンバーとも必要以上《ひつよういじょう》は関《かか》わらないみたい。モデルの仕事《しごと》が忙《いそが》しいせいもあるだろうけど……あえて、友達《ともだち》を作《つく》らないようにしてるように見《み》えるんだよね」

そういえば。

生徒会長《せいとかいちょう》の綺羅《きら》さんは、いつも多《おお》くの人《ひと》たちに囲《かこ》まれていて、先生《せんせい》とも、生徒会《せいとかい》のメンバーとも、にこやかに接《せっ》している。

でも、声《こえ》をあげて笑《わら》うことはない。

綺羅《きら》さんが誰《だれ》かとはしゃいだり、笑《わら》ったりしたりしている姿《すがた》を、一度《いちど》も見《み》たことがない。

「だからさ、リンリンが会長《かいちょう》の誕生日《たんじょうび》プレゼントを悩《なや》んでるって聞《き》いて、すんごくびっくりしたんだよねー。会長《かいちょう》の初《はじ》めての友達《ともだち》か!?　ってね」

わたしはちょっと苦笑《にがわら》いした。

「そうだったら、いいんだけど」

できれば争《あらそ》いなんてしたくない。

魔女同士《まじょどうし》、友達《ともだち》になれたら——実《じつ》は、そんなことをひそかに願《ねが》っていたりする。

でもたぶん、きっと、綺羅《きら》さんは嫌《いや》がるだろう。

「あっ、そうだ！　ちょっと待《ま》ってて」

かずみちゃんがそう言《い》って、教室《きょうしつ》へ戻《もど》ると、雑誌《ざっし》をもってきてくれた。

「これ、昨日発売《きのうはつばい》の『カラフル！』なんだけど、会長《かいちょう》の写真《しゃしん》が載《の》ってて」

『カラフル！』、ティーンズ向《む》けの人気《にんき》ファッション雑誌《ざっし》だ。

ページをめくっていくと、かわいいモデルさんたちが笑顔《えがお》で写《うつ》っている。

綺羅《きら》さんの写真《しゃしん》を見《み》つけて、わたしは感嘆《かんたん》の声《こえ》をあげた。

「わぁ……！」

夕暮《ゆうぐ》れの海辺《うみべ》。

砂浜《すなはま》で、黒《くろ》いシックなドレスを着《き》た綺羅《きら》さんが両腕《りょううで》で猫《ねこ》を抱《だ》いて、微笑《ほほえ》んでいた。

「綺羅《きら》さん……かわいい」

「だよね！　さっき、これみんなで見《み》てて、かわいいよね〜って言《い》ってたんだ。いままで会長《かいちょう》が写《うつ》ってる写真《しゃしん》って、美人《びじん》〜とか、キレ〜とか、そんな感《かん》じだったんだけど、この写《しゃ》真《しん》はなんかかわいいねって」

わたしは食《く》い入《い》るようにじいっと写真《しゃしん》を見《み》た。

見《み》れば見《み》るほど、綺羅《きら》さんの表情《ひょうじょう》がいつもと違《ちが》う。

「よかったら、この雑誌《ざっし》あげるよ」

「え、いいの？」

「うん。あんまりプレゼントの参考《さんこう》になりそうな情報《じょうほう》がなくて、悪《わる》いね！」

「ううん。どうもありがとう」

わたしはありがたく雑誌《ざっし》をもらった。

んじゃね～！　と、かずみちゃんは教室《きょうしつ》へ戻《もど》っていった。

御影君《みかげくん》たちは、鋭《するど》い目《め》で雑誌《ざっし》の写真《しゃしん》を見《み》つめる。

「この猫《ねこ》、あいつだよな？」

「ああ。あの灰色《はいいろ》ニャンコだ。黒魔女《くろまじょ》と一緒《いっしょ》にモデルなんかやってやがる」

パープルの瞳《ひとみ》をした灰色《はいいろ》の猫《ねこ》。

その目《め》は綺羅《きら》さんを見《み》つめながら、どこか物憂《ものう》げにも見《み》える。

(綺羅《きら》さんと群雲《むらくも》さん……)

綺羅《きら》さんの目線《めせん》もカメラではなく、猫《ねこ》に向《む》いている。

そのせいかな？　綺羅《きら》さんの表情《ひょうじょう》がやわらかい気《き》がする……。

「あっ！」

わたしはプレゼントのアイデアを思《おも》いついた。

3

9月《がつ》9日《か》、綺羅《きら》さんの誕生日《たんじょうび》がやってきた。

わたしは御影君《みかげくん》たちと一緒《いっしょ》に、登校《とうこう》のときに利用《りよう》している電車《でんしゃ》に乗《の》り、学園《がくえん》の駅《えき》を通《とお》りすぎて、終点《しゅうてん》の駅《えき》でおりた。

駅名《えきめい》はズバリ『神無月《かんなづき》』。

駅《えき》の改札《かいさつ》を出《で》ると、綺羅《きら》さんの家《いえ》は探《さが》すまでもなく、すぐにわかった。

「うわぁ……！」

駅《えき》からまっすぐ伸《の》びる道《みち》、その先《さき》にお城《しろ》のような大豪邸《だいごうてい》が見《み》えた。

駅《えき》も、道《みち》も、神無月家《かんなづきけ》のために作《つく》られているのがわかる。

わたしはその豪華《ごうか》さに圧倒《あっとう》されながら、道《みち》を歩《ある》いた。

歩《ある》いていると、波音《なみおと》が聞《き》こえた。

道沿《みちぞ》いに白《しろ》い砂浜《すなはま》が広《ひろ》がっている。

潮風《しおかぜ》が気持《きも》ちよくて、わたしは深呼吸《しんこきゅう》した。

「きれいな砂浜《すなはま》だね。今度《こんど》また、みんなで遊《あそ》びに来《き》たいね」

零士君《れいじくん》が注意《ちゅうい》するように言《い》った。

「気持《きも》ちはわかるが、黒魔女《くろまじょ》のすみかが近《ちか》すぎる。君《きみ》の安全《あんぜん》を考《かんが》えると、遊《あそ》びに適《てき》した場《ば》所《しょ》とは言《い》えないな」

「そっかぁ……」

残念《ざんねん》。

ほどなくして、神無月家《かんなづきけ》の前《まえ》に立《た》った。

正面《しょうめん》には鉄製《てっせい》の大《おお》きな門《もん》がそびえたち、左右《さゆう》には豪邸《ごうてい》をとり囲《かこ》む高《たか》い壁《かべ》がつづいている。

「うわぁ……！　高《たか》い壁《かべ》だね！」

「そっか？　これくらい、ひとっ跳《と》びできるぜ」

虎鉄君《こてつくん》の言葉《ことば》を、無理《むり》だな、と零士君《れいじくん》が否定《ひてい》する。

「高《たか》いだけじゃない。壁《かべ》には防御《ぼうぎょ》の魔法《まほう》がかけられている。ただ跳《と》ぶだけでは、入《はい》れないだろう」

「魔法《まほう》……綺羅《きら》さんが？」

「いや、おそらく群雲《むらくも》という悪魔《あくま》だ」

門《もん》は開《ひら》かれていて、次々《つぎつぎ》と高級車《こうきゅうしゃ》が吸《す》いこまれていく。

停車《ていしゃ》した車《くるま》からは、貫禄《かんろく》のある偉《えら》そうな感《かん》じの人《ひと》たちが降《お》りてきて豪邸《ごうてい》に入《はい》っていく。

モデルらしい人《ひと》たちもたくさんいるのが見《み》えた。

みんなお化粧《けしょう》して、素敵《すてき》なパーティードレスを着《き》ている。

「すごいね、きれいな人《ひと》たちばかりだねぇ」

うっとりしながら見《み》とれていると、御影君《みかげくん》がわたしを見《み》ながら言《い》った。

「いや、リンの方《ほう》が断然《だんぜん》キレイだろ」

御影君《みかげくん》の言葉《ことば》に、虎鉄君《こてつくん》と零士君《れいじくん》が大《おお》きくうなずく。

「リンにピンク、最高《さいこう》」

「君《きみ》がもっとも輝《かがや》いている」

わたしが着《き》ているのは、淡《あわ》いピンクのパーティードレス。

髪《かみ》はゆるふわにまとめて、ピンクの小花《こばな》のアクセサリーをあしらっている。

パーティーに咲《さ》くピンクの花《はな》、というのが蘭《らん》ちゃんのコンセプトらしい。

御影君《みかげくん》たちにほめてもらうのは照《て》れるけど、ちょっとうれしい。

「あ、ありがとう」

御影君《みかげくん》たちもネクタイ姿《すがた》がとってもかっこいいよ。

受付《うけつけ》は建物《たてもの》の入《い》り口《ぐち》にあって、やってきた人《ひと》たちの胸《むね》に、受付《うけつけ》の人《ひと》がコサージュをつけている。

その中《なか》に、黒《くろ》いスーツ姿《すがた》の群雲《むらくも》さんがいた。

群雲《むらくも》さんはわたしたちに気《き》がつき、こちらへ向《む》かってきた。

わたしはぺこりと頭《あたま》を下《さ》げて、

「群雲《むらくも》さん、こんにちは。今日《きょう》はお招《まね》きいただき、ありがとうございます」

群雲《むらくも》さんは怪訝《けげん》な顔《かお》で、眉《まゆ》をひそめた。

「なぜ、ここに？」

「え？　なぜって……パーティーの招待状《しょうたいじょう》をいただいたので」

「君《きみ》に招待状《しょうたいじょう》は出《だ》していない」

「え？」

わたしは目《め》をぱちくりとし、御影君《みかげくん》たちと顔《かお》を見合《みあ》わせた。

「こちらへ」

群雲《むらくも》さんにうながされて、わたしたちは受付《うけつけ》から少《すこ》し離《はな》れた物陰《ものかげ》へ移動《いどう》した。

他《ほか》の人《ひと》には声《こえ》が聞《き》こえないところで、群雲《むらくも》さんは説明《せつめい》してくれた。

「今日《きょう》のパーティーの招待客《しょうたいきゃく》は、すべて綺羅様《きらさま》とわたしで選《えら》び、熟考《じゅっこう》した上《うえ》で招待状《しょうたいじょう》を送《おく》っている。選考《せんこう》する段階《だんかい》から、君《きみ》は名前《なまえ》も挙《あ》がらなかった」

「でも、招待状《しょうたいじょう》は届《とど》きました。これ……」

わたしはバッグから招待状《しょうたいじょう》をとりだして、群雲《むらくも》さんにさしだした。

群雲《むらくも》さんは招待状《しょうたいじょう》を手《て》にとり、封筒《ふうとう》の表《おもて》や裏《うら》、中《なか》やカードまで念入《ねんい》りに調《しら》べる。

「封筒《ふうとう》もカードも、すべて本物《ほんもの》とそっくりだが、本物《ほんもの》ではない」

わたしは首《くび》をかしげた。

「どういうことですか？」

群雲《むらくも》さんが、鋭《するど》い瞳《ひとみ》で招待状《しょうたいじょう》を見《み》ながら言《い》った。

「この招待状《しょうたいじょう》には、魔法《まほう》の痕跡《こんせき》がある。魔法《まほう》で作《つく》られた偽物《にせもの》だということだ」

「魔法《まほう》で……？」

「気《き》づかなかったのか？」

わたしはぽかんとしてしまった。

零士君《れいじくん》が群雲《むらくも》さんに弁明《べんめい》した。

「これは3日前《かまえ》に、星占《ほしうらな》い部《ぶ》の部室《ぶしつ》に届《とど》けられたもの。作《つく》ったのは僕《ぼく》たちではない」

群雲《むらくも》さんが冷《ひ》ややかに返答《へんとう》する。

「わかっている。本物《ほんもの》と見紛《みまご》うほど精巧《せいこう》に複製《ふくせい》され、捏造《ねつぞう》されている。こんな高度《こうど》な魔法《まほう》、未熟《みじゅく》なおまえたちには不可能《ふかのう》だ」

3人《にん》はムッとした顔《かお》で、群雲《むらくも》さんをにらみつける。

群雲《むらくも》さんはわたしに視線《しせん》を戻《もど》して、

「誰《だれ》かがなんらかの目的《もくてき》をもって、君《きみ》をここへ招《まね》いたようだな」

「誰《だれ》かって……誰《だれ》ですか？」

「わからない」

不思議《ふしぎ》すぎる出来事《できごと》に、わたしの頭《あたま》の中《なか》はハテナマークでいっぱいだった。

(どういうことなんだろう？)

いったい誰《だれ》が、何《なん》の目的《もくてき》で、こんなことを？

「この招待状《しょうたいじょう》は、こちらで預《あず》からせてもらいたい」

「あ、はい。かまいませんけど……あのぉ、わたしたち、パーティーに参加《さんか》できるんでしょうか？」

「神無月家《かんなづきけ》に入場《にゅうじょう》できるのは、本物《ほんもの》の招待状《しょうたいじょう》をもっている者《もの》のみ。それ以外《いがい》の入場《にゅうじょう》は、例外《れいがい》なく断《ことわ》っている。警備上《けいびじょう》、不審者《ふしんしゃ》を入《い》れるわけにはいかない」

「そうですか……」

せっかくドレスアップして、プレゼントも用意《ようい》したのに。

がっかりしていると、群雲《むらくも》さんがじっとわたしを見《み》て言《い》った。

「君《きみ》は、何《なに》をしにここへ来《き》たんだ？」

「え？　もちろん、綺羅《きら》さんの誕生日《たんじょうび》をお祝《いわ》いしに……ですけど」

群雲《むらくも》さんは眉《まゆ》をひそめる。

「お祝《いわ》い？」

「はい。プレゼントを渡《わた》して、綺羅《きら》さんとお話《はな》しできたらいいなーと思《おも》って……」

群雲《むらくも》さんの宝石《ほうせき》のようなパープルの瞳《ひとみ》がじっとわたしを見《み》つめる。

心《こころ》の奥《おく》までのぞきこまれているような気《き》がして、おちつかなくて、思《おも》わず目《め》をそらしてしまった。

「すみません……帰《かえ》ります」

ぺこりと頭《あたま》を下《さ》げて立《た》ち去《さ》ろうとすると、群雲《むらくも》さんが声《こえ》をかけてきた。

「待《ま》て。――どうぞ」

「え？」

「パーティーへの参加《さんか》を許可《きょか》しよう」

「いいんですか!?」

喜《よろこ》びかけたとき、群雲《むらくも》さんが釘《くぎ》を刺《さ》すように言《い》った。

「ただし、条件《じょうけん》がある。神無月家《かんなづきけ》に入《はい》れるのは、君《きみ》と、悪魔《あくま》ひとりだ」

「えっ、みんな一緒《いっしょ》じゃ、ダメなんですか？」

「ダメだ。綺羅様《きらさま》のお住《す》まいに、悪魔《あくま》を3人《にん》も入《い》れるわけにはいかない」

虎鉄君《こてつくん》が挑発的《ちょうはつてき》に、

「力《ちから》づくで入《はい》るって手《て》もあるけど？」

足《あし》を一歩《いっぽ》踏《ふ》みだし、群雲《むらくも》さんの横《よこ》を通《とお》ろうとした瞬間《しゅんかん》――。

バチッ！

「うっ⁉」

小《ちい》さな稲光《いなびかり》が走《はし》り、虎鉄君《こてつくん》が後《うし》ろにはじかれる。

群雲《むらくも》さんは手《て》の中《なか》で、小《ちい》さな雷《かみなり》をバチバチさせながら警告《けいこく》した。

「立《た》ち入《い》りたければ、こちらのルールに従《したが》え。従《したが》えないのなら、白魔女《しろまじょ》ともども去《さ》れ」

群雲《むらくも》さんと3人《にん》の視線《しせん》がぶつかり合《あ》って、空気《くうき》がはりつめる。

（どうしよう？）

オロオロしていると、群雲《むらくも》さんがわたしを見《み》て言《い》った。

「君《きみ》が決《き》めればいい」

「え？」

「誰《だれ》をパートナーに連《つ》れていくか、３人《にん》の中《なか》から、君《きみ》が選《えら》べ」

え～！

「簡単《かんたん》なことだ。この場《ば》に、もっとも適《てき》した者《もの》を選《えら》べばいい」

適《てき》した者《もの》と言《い》われても……よくわからない。

「すみません……選《えら》べません」

群雲《むらくも》さんのパープルの瞳《ひとみ》が、鋭《するど》くわたしを見《み》すえる。

「この程度《ていど》のことも決断《けつだん》できないのか？　それでも白魔女《しろまじょ》か？」

「す、すみません……」

わたしは肩《かた》をすくめて縮《ちぢ》こまる。

御影君《みかげくん》が鋭《するど》い眼光《がんこう》で群雲《むらくも》さんをにらんだ。

「おい、リンをいじめてんじゃねーよ」

「事実《じじつ》を言《い》っているだけだ」

虎鉄君《こてつくん》は怒《いか》りがにじむ低《ひく》い声《こえ》で、

「リンは俺《おれ》たちの婚約者《こんやくしゃ》だぞ。リンを傷《きず》つける奴《やつ》はただじゃおかねー」

「同時《どうじ》に悪魔《あくま》3人《にん》と婚約《こんやく》するなど、聞《き》いたことがない。それをよしとしている、おまえたちの気《き》がしれない」

そして零士君《れいじくん》も。

「僕《ぼく》たちはリンの答《こた》えを待《ま》つ。それは全員《ぜんいん》が合意《ごうい》のこと。おまえにとやかく言《い》われる筋合《すじあ》いはない」

4人《にん》の視線《しせん》が激《はげ》しくぶつかって、いまにも爆発《ばくはつ》が起《お》こりそうだ。

(ど、どうしよう〜!?)

またまたオロオロしていると、零士君《れいじくん》が、御影君《みかげくん》たちに提案《ていあん》した。

「例《れい》のアレをやろう」

「ああ」

「そうすっか」

3人《にん》は手《て》のひらを上《うえ》に向《む》けて、魔力《まりょく》を放《はな》った。

炎《ほのお》の塊《かたまり》、風《かぜ》の塊《かたまり》、氷《こおり》の塊《かたまり》が空中《くうちゅう》に浮《う》かび、固《かた》まって、ピンポン玉《だま》くらいの玉《たま》になる。

色《いろ》は赤《あか》、黄《き》、青《あお》。

「このようなときの決定方法《けっていほうほう》を考《かんが》えておいた。この玉《たま》は僕《ぼく》たちの魔力《まりょく》でできている。リン、ひとつ玉《たま》を選《えら》んでほしい。君《きみ》が手《て》にした魔力《まりょく》の持《も》ち主《ぬし》が、パートナーとして君《きみ》に同行《どうこう》する」

零士君《れいじくん》がパチンと指《ゆび》を鳴《な》らすと、３つの玉《たま》の色《いろ》が真《ま》っ白《しろ》になった。

つまり、魔法《まほう》のくじ引《び》きだね。

空中《くうちゅう》でぐるぐると回《まわ》る、３つの玉《たま》。

わたしは手《て》をのばして、一《ひと》つの玉《たま》をつかんだ。

「えいっ」

瞬間《しゅんかん》、手《て》の中《なか》から冷気《れいき》がこぼれた。

4

群雲《むらくも》さんに先導《せんどう》されて、わたしは零士君《れいじくん》と一緒《いっしょ》に神無月家《かんなづきけ》の敷地《しきち》に入《はい》った。

門《もん》の外《そと》では、御影君《みかげくん》と虎鉄君《こてつくん》が不機嫌《ふきげん》な顔《かお》で、こちらをうらめしげに見《み》ている。

「御影君《みかげくん》、虎鉄君《こてつくん》、ごめんね……」

ふりむきながらぽつりと謝《あやま》ると、零士君《れいじくん》がきっぱりと言《い》う。

「君《きみ》が謝《あやま》ることじゃない」

「でも……」

零士君《れいじくん》はそっと顔《かお》を寄《よ》せ、耳打《みみう》ちしてきた。

「今回《こんかい》の目的《もくてき》は、パーティーを楽《たの》しむことだけじゃない。神無月家《かんなづきけ》に入《はい》り、黒魔女《くろまじょ》について調《しら》べることだ。あのふたりも、外《そと》からできることをやるはずだ。僕《ぼく》たちも、この機《き》を逃《のが》さずにできることをやろう」

綺羅《きら》さんの誕生日《たんじょうび》をお祝《いわ》いしたいって気持《きも》ちは本心《ほんしん》だけど、これは綺羅《きら》さんについて知《し》る大《おお》きなチャンスでもある。

「うん」

群雲《むらくも》さんに案内《あんない》されて、わたしたちはパーティー会場《かいじょう》に到着《とうちゃく》した。

「こちらが会場《かいじょう》です」

その入《い》り口《ぐち》に立《た》った瞬間《しゅんかん》、わたしは思《おも》わず感嘆《かんたん》の声《こえ》をあげた。

「うわあ……！」

広《ひろ》いパーティールームは、体育館《たいいくかん》くらいはある。

天井《てんじょう》にある大《おお》きなシャンデリアは光《ひかり》を反射《はんしゃ》してキラキラ輝《かがや》き、テーブルには真《ま》っ白《しろ》なテーブルクロスがかけられて、豪華《ごうか》な花《はな》が飾《かざ》られ、ピカピカの食器《しょっき》が並《なら》んでいる。

そこにはきれいなドレスや宝石《ほうせき》を身《み》につけた人《ひと》たちが大勢《おおぜい》いて、笑顔《えがお》を浮《う》かべている。

まるで、童話《どうわ》に出《で》てくるお姫様《ひめさま》のお城《しろ》の舞踏会《ぶとうかい》みたい。

女《おんな》の子《こ》があこがれる、きらびやかなパーティーだった。

「すごいね、きれいだね、すごいパーティーだね！」

興奮《こうふん》していると、零士君《れいじくん》が冷静《れいせい》な口調《くちょう》で言《い》う。

「招待《しょうたい》されている人物《じんぶつ》の顔《かお》ぶれもすごい。芸能人《げいのうじん》、音楽家《おんがくか》、政治家《せいじか》、企業《きぎょう》のトップ、さまざまな分野《ぶんや》の有名人《ゆうめいじん》が、何人《なんにん》もいる」

すごいものばかりで、キョロキョロしてしまう。

ふいに群雲《むらくも》さんが言《い》った。

「では、わたしはここで失礼《しつれい》する」

「え？」

わたしたちは綺羅《きら》さんから敵《てき》と思《おも》われている。

だから、てっきり、群雲《むらくも》さんはずっとついてくるのかなと思《おも》っていた。

同《おな》じ疑問《ぎもん》をもったようで、零士君《れいじくん》が群雲《むらくも》さんに問《と》いかける。

「僕《ぼく》たちを見張《みは》っていなくていいのか？」

「敵《てき》は、おまえたちだけではない」

群雲《むらくも》さんはそう言《い》って、わたしたちから離《はな》れていった。

「敵《てき》って、誰《だれ》のことかな？」

「わからないが、僕《ぼく》らの他《ほか》にも、敵対《てきたい》する相手《あいて》がいるようだな」

そのとき、甲高《かんだか》い声《こえ》が聞《き》こえた。

「あっら〜、リンちゃんじゃない！」

ハートのメガネをかけて、おかっぱ頭《あたま》、ちょっと奇抜《きばつ》で、斬新《ざんしん》なファッション。

「小西《こにし》さん！」

カメラマンのビューティー小西《こにし》さんだった。

以前《いぜん》、テレビ局《きょく》でお世話《せわ》になった。

小西《こにし》さんは女《おんな》の子《こ》の写真《しゃしん》を撮《と》るのが上手《じょうず》で、撮《と》ってもらいたいっていうアイドルや芸能《げいのう》人《じん》がいっぱいいる。そんな有名《ゆうめい》なカメラマン。

小西《こにし》さんは女《おんな》の子《こ》みたいにはしゃぎながら、わたしに近《ちか》づいてきた。

「きゃ〜、会《あ》いたかったわ〜！　あら、前《まえ》に会《あ》ったときのドレスも素敵《すてき》だったけど、今日《きょう》のドレスもまた一段《いちだん》と素敵《すてき》ね！　と〜ってもよく似合《にあ》ってるっ」

「ありがとうございます。友達《ともだち》がコーディネートしてくれました」

「あら、そう。センスがいいお友達《ともだち》ねぇ」

蘭《らん》ちゃんがほめられたのがうれしくて、ほんわか笑顔《えがお》になる。

すると小西《こにし》さんが首《くび》から下《さ》げていた大《おお》きなカメラで、パシャッ！　とわたしの写真《しゃしん》を撮《と》った。

「ナイススマイル、いただいたわよん」

び、びっくりした〜。

零士君《れいじくん》が険《けわ》しい顔《かお》で、小西《こにし》さんに抗議《こうぎ》した。

「本人《ほんにん》の許可《きょか》なく、いきなり写真《しゃしん》を撮《と》るのは失礼《しつれい》ではないか？」

「許可《きょか》をとってカメラを向《む》けたら、身構《みがま》えちゃうでしょ？　あたしは、女《おんな》の子《こ》の自然《しぜん》な笑《え》顔《がお》を撮《と》りたいの。見《み》る人《ひと》が、きゃわいい〜！　って感《かん》じる写真《しゃしん》をね。見《み》てみる？」

小西《こにし》さんはカメラの液晶画面《えきしょうがめん》で、撮《と》った写真《しゃしん》を見《み》せてくれた。

パーティー会場《かいじょう》で、ピンクのドレスを着《き》て、幸《しあわ》せそうに微笑《ほほえ》むわたし。

そばには正装《せいそう》のかっこいい零士君《れいじくん》。

零士君《れいじくん》とわたしのツーショット写真《しゃしん》だ。

「どう？　リンちゃんの自然《しぜん》な笑顔《えがお》がとってもいいでしょ？」

「……なるほど」

零士君《れいじくん》はうなずいて、小西《こにし》さんに言《い》った。

「この写真《しゃしん》をゆずってもらいたい」

「いいわよ、イケメン彼氏君《かれしくん》。後日《ごじつ》うちにとりにいらっしゃい」

零士君《れいじくん》は小西《こにし》さんから名刺《めいし》を受《う》けとった。

「ぜひ、うかがわせてもらう」

そういえば、とわたしは小西《こにし》さんに話《はな》しかけた。

「あの、この前《まえ》、『カラフル！』っていう雑誌《ざっし》で、小西《こにし》さんが撮《と》った写真《しゃしん》、見《み》ました。綺《き》羅《ら》さんと灰色《はいいろ》の猫《ねこ》の」

かずみちゃんに教《おし》えてもらった綺羅《きら》さんと猫《ねこ》の写真《しゃしん》。

よーく見《み》ると、写真《しゃしん》を撮《と》ったカメラマンの名前《なまえ》が書《か》いてあった。

「あら、見《み》てくれたの。ありがと〜。どうだった？」

「スゴくいい写真《しゃしん》だなぁって思《おも》いました」

「でっしょ〜？　我《われ》ながら、会心《かいしん》の一枚《いちまい》よ。ちょっとだけ綺羅《きら》ちゃんの本当《ほんとう》の姿《すがた》に近《ちか》づけたんじゃないかしら？」

「本当《ほんとう》の綺羅《きら》さん……？」

「綺羅《きら》ちゃんって、微笑《ほほえ》みで大勢《おおぜい》を惹《ひ》きつけながら、寄《よ》ってきた人《ひと》たちに決《けっ》して心《こころ》を開《ひら》かないの。心《こころ》の扉《とびら》ががっしり閉《と》じられてる感《かん》じ？　でも、だから心《こころ》の奥《おく》に何《なに》があるのか、知《し》りたくなるのよね～。それを写真《しゃしん》に撮《と》りたくて、つい追《お》いかけちゃう」

プロのカメラマンさんってすごい。

きれいに撮《と》るだけじゃなくて、心《こころ》の中《なか》まで撮《と》ろうとしてるなんて。

小西《こにし》さんに撮《と》ってもらいたいという芸能人《げいのうじん》がたくさんいるというのも、うなずける。

案《あん》の定《じょう》、女《おんな》の子《こ》たちが集《あつ》まってきて、小西《こにし》さんを囲《かこ》んだ。

「きゃ～、ビューティー小西《こにし》さん！」

「ファンなんですぅ～。お話《はな》しさせてもらっていいですか？」

わたしは小西《こにし》さんに声《こえ》をかけた。

「小西《こにし》さん、わたしたち、失礼《しつれい》します。ありがとうございました」

「リンちゃん、またね！　あたし、あきらめてないから。モデルやる気《き》になったら、いつでも連絡《れんらく》ちょうだいね！」

わたしは笑顔《えがお》で頭《あたま》を下《さ》げた。

モデルなんてがらじゃないけど、そんなふうに言《い》ってもらえるのはうれしいな。

そのとき音楽《おんがく》が流《なが》れはじめた。

会場《かいじょう》の一角《いっかく》に、楽器《がっき》をもった人《ひと》たちがいて、楽器《がっき》を奏《かな》でている。

わあ、生演奏《なまえんそう》だ！

会場《かいじょう》の一番奥《いちばんおく》にあるステージに、マイクをもった司会者《しかいしゃ》が立《た》った。

「皆様《みなさま》、お待《ま》たせいたしました。これより、神無月家《かんなづきけ》のご令嬢《れいじょう》、神無月綺羅《かんなづききら》のバースデーパーティーを開始《かいし》いたします！」

司会者《しかいしゃ》の人《ひと》、よくテレビで顔《かお》を見《み》る。本物《ほんもの》のアナウンサーだ。

綺羅《きら》さんのお父《とう》さんとお母《かあ》さんがステージに立《た》ち、マイクをもってあいさつをした。

「神無月司《かんなづきつかさ》でございます。皆様《みなさま》、わたしどもの娘《むすめ》、神無月綺羅《かんなづききら》の誕生日《たんじょうび》パーティーへようこそいらっしゃいました」

綺羅《きら》さんのお父《とう》さんは、映画《えいが》の俳優《はいゆう》みたいにステキな男《おとこ》の人《ひと》だった。

そのとなりには、綺羅《きら》さんのお母《かあ》さん。ピアニストの神無月響子《かんなづききょうこ》さんがにこやかな笑顔《えがお》をたたえて立《た》っている。体《からだ》にフィットしたドレスがとてもよく似合《にあ》ってて、まるでマーメイドみたい。

おふたりから、輝《かがや》くオーラがほとばしっている。

華麗《かれい》なる一族《いちぞく》、神無月家《かんなづきけ》。

まぶしすぎるよ。

「改《あらた》めてご紹介《しょうかい》します。わたしたちの愛《あい》する娘《むすめ》、綺羅《きら》でございます」

ステージの袖《そで》から、綺羅《きら》さんが登場《とうじょう》した。

会場全体《かいじょうぜんたい》から、わあ！　と歓声《かんせい》があがり、大《おお》きな拍手《はくしゅ》が起《お》こる。

綺羅《きら》さんは紫《むらさき》のドレスを着《き》て、ステージを優雅《ゆうが》に歩《ある》きながら、笑顔《えがお》を浮《う》かべている。

きれいだなぁ、お姫様《ひめさま》みたい。

綺羅《きら》さんは会場《かいじょう》にいる人《ひと》たちを順番《じゅんばん》に見《み》るように視線《しせん》を動《うご》かして、そしてわたしの方《ほう》を見《み》た。

ドキ！

一瞬《いっしゅん》、目《め》が合《あ》った。

にらまれるかもって緊張《きんちょう》したけど、その視線《しせん》はすぐに通《とお》りすぎてしまった。

「では皆様《みなさま》、グラスをおもちください」

司会者《しかいしゃ》にうながされて、招待客《しょうたいきゃく》は飲《の》み物《もの》の入《はい》ったグラスを手《て》にもった。

わたしは零士君《れいじくん》から、ジュースの入《はい》ったグラスを受《う》けとる。

「綺羅《きら》さん、15歳《さい》のお誕生日《たんじょうび》、おめでとうございます！　かんぱーい!!」

かんぱーい！

お祝《いわ》いの声《こえ》が響《ひび》き、あちこちでグラスが鳴《な》る。

音楽隊《おんがくたい》が祝福《しゅくふく》の音楽《おんがく》を奏《かな》で、パーティー会場《かいじょう》いっぱいに高《たか》らかに響《ひび》く。

「ではこれより、お食事《しょくじ》の時間《じかん》となります。料理《りょうり》が運《はこ》ばれてまいりますので、どうぞ召《め》しあがりながら、ご歓談《かんだん》くださいませ」

おいしそうないい匂《にお》いがしてきた。

オードブル、ステーキ、お寿司《すし》、次々《つぎつぎ》と料理《りょうり》が運《はこ》ばれてくる。

「えっと、どうすればいいの……？」

立食《りっしょく》パーティーなんて初《はじ》めてで、よくわからない。

「黒魔女《くろまじょ》の調査《ちょうさ》も大事《だいじ》だが、まずは楽《たの》しもう。せっかくパーティーに来《き》たのだから」

さしのべられた零士君《れいじくん》の手《て》に、わたしは手《て》を重《かさ》ねた。

「うん」

パーティーって、何《なに》をすればいいのかな？　ってちょっと不安《ふあん》だったけど、すぐに不安《ふあん》はなくなった。

零士君《れいじくん》がそばにいて、エスコートしてくれたから。

お料理《りょうり》をお皿《さら》に盛《も》りつけてくれたり、飲《の》み物《もの》をとってきてくれたり。

食事《しょくじ》をしながら、飾《かざ》られている絵《え》について教《おし》えてくれたり、学校《がっこう》や星占《ほしうらな》いの話《はなし》をしたり。

ふだん、こんなふうにふたりでゆっくり話《はな》すことはないから、なんだかうれしい。

「零士君《れいじくん》は、前《まえ》にもこういうパーティーに出席《しゅっせき》したことあるの？」

「どうして？」

「すごく慣《な》れてるなぁって気《き》がして」

零士君《れいじくん》はほんの少《すこ》し間《ま》をおいて、答《こた》えた。

「少《すく》なからず、ある。かつてのパートナーが華《はな》やかなパーティーを好《この》み、よく一緒《いっしょ》に出席《しゅっせき》していたから」

誰《だれ》のことか、すぐにわかった。

零士君《れいじくん》は以前《いぜん》、一度《いちど》結婚《けっこん》している。前《まえ》の結婚相手《けっこんあいて》――バラの魔女《まじょ》だ。

「しかし正直《しょうじき》言《い》って、僕《ぼく》はこのような騒《さわ》がしい場《ば》はあまり好《す》きではなかった」

わたしはあわてて謝《あやま》った。

「ごめんね。付《つ》き合《あ》わせちゃって……！」

零士君《れいじくん》の人《ひと》さし指《ゆび》が、そっとわたしの唇《くちびる》にあてられた。

「謝《あやま》る必要《ひつよう》はない。いまはとても楽《たの》しんでいるから」

「本当《ほんとう》？」

「パーティーは苦手《にがて》だと思《おも》っていたが、楽《たの》しめるかどうかは、一緒《いっしょ》にいる相手《あいて》によるのだと思《おも》っていたところだ。リンと一緒《いっしょ》だと、楽《たの》しい」

零士君《れいじくん》はとても楽《たの》しそうに微笑《ほほえ》んだ。

ドキッ！

わたしの心臓《しんぞう》が大《おお》きく音《おと》をたてる。

「リンは？」

「も、もちろん、わたしもだよ。零士君《れいじくん》がいてくれるから安心《あんしん》だし、すごく楽《たの》しいよ」

零士君《れいじくん》がそっとわたしの髪《かみ》にふれてきた。

ちょっと崩《くず》れていた髪《かみ》を直《なお》してくれながら、もう一度《いちど》微笑《ほほえ》んだ。

「よかった」

顔《かお》が紅潮《こうちょう》して、トマトみたいになってしまった。

ふたたび司会者《しかいしゃ》の人《ひと》がステージに立《た》ち、にこやか笑顔《えがお》で言《い》った。

「ご歓談中《かんだんちゅう》、失礼《しつれい》します。これより、皆様《みなさま》から綺羅《きら》さんへのプレゼントをご紹介《しょうかい》させていただきます！」

綺羅《きら》さんがステージに上《あ》がり、プレゼントの贈呈《ぞうてい》がはじまる。

「まずはジュエリーブランド、カルティアの代表取締役《だいひょうとりしまりやく》、中川原様《なかがわらさま》より、10カラットのダイヤのネックレスが贈《おく》られます」

「え?!」

思《おも》わず驚《おどろ》きが声《こえ》に出《で》てしまった。

誕生日《たんじょうび》プレゼントが、本物《ほんもの》の宝石《ほうせき》!?

「ペンダントトップは神無月家《かんなづきけ》の紋章《もんしょう》、三日月《みかづき》をかたどったオリジナルデザインです。綺《き》羅《ら》さん、誕生日《たんじょうび》おめでとうございます」

代表取締役《だいひょうとりしまりやく》のおじさんが、にこにこしながらキラキラしたネックレスを綺羅《きら》さんの首《くび》にかけた。

綺羅《きら》さんは天使《てんし》のような微笑《ほほえ》みで、優雅《ゆうが》な動作《どうさ》で受《う》けとった。

「ありがとうございます」

す、すごいプレゼント……でも、それはほんの序《じょ》の口《くち》だった。

ブランドの服《ふく》や靴《くつ》、海外旅行《かいがいりょこう》、そしてなんと車《くるま》まで！

豪華《ごうか》で高価《こうか》なプレゼントが次々《つぎつぎ》とさしだされ、綺羅《きら》さんは笑顔《えがお》でお礼《れい》を告《つ》げる。

山《やま》となっていくプレゼントに、わたしはあぜんとした。

「リン、プレゼントを渡《わた》しに行《い》かないのか？」

零士君《れいじくん》に言《い》われて、ハッと我《われ》に返《かえ》った。

「え？　……えっと……どうしようかな……」

綺羅《きら》さんへのプレゼントは、バッグの中《なか》に入《はい》ってる。

わたしなりに喜《よろこ》んでくれそうなものを考《かんが》えて、手作《てづく》りしたんだけど……豪華《ごうか》なプレゼントと比《くら》べたら、恥《は》ずかしくなってきた。

そのとき、近《ちか》くにいたふたりの女性《じょせい》が話《はな》す声《こえ》が聞《き》こえた。

ステージの綺羅《きら》さんを見《み》ながら、声《こえ》をひそめてコソコソと話《はな》す。

「神無月綺羅《かんなづききら》……大《おお》きな顔《かお》をして、生意気《なまいき》な子《こ》ね」

「神無月家《かんなづきけ》とは、なんの関係《かんけい》もないくせに」

え？

わたしは思《おも》わず、その人《ひと》たちに声《こえ》をかけた。

「あの、それはどういうことですか？」

ふたりはジロリと、怪訝《けげん》にわたしを見《み》る。

「突然《とつぜん》、何《なに》？」

「あなた、どなた？」

あ、いけない、思《おも》いきり怪《あや》しまれている。

「えっと、あの……」

しどろもどろになって困《こま》っていると、零士君《れいじくん》がすっとわたしの横《よこ》に立《た》って、フォローしてくれた。

「僕《ぼく》たちは、神無月先輩《かんなづきせんぱい》が通《かよ》う鳴星学園《めいせいがくえん》の生徒《せいと》です。先輩《せんぱい》に招《まね》かれて、誕生日《たんじょうび》をお祝《いわ》いに来《き》たんです」

そう言《い》って、ニコッと笑《わら》う。

零士君《れいじくん》の笑顔《えがお》に、ふたりの女性《じょせい》の頬《ほお》がポッと赤《あか》くなる。

零士君《れいじくん》はふたりに顔《かお》を寄《よ》せ、声《こえ》を抑《おさ》えながら問《と》いかけた。

「ところで、先《さき》ほどの話《はなし》ですが……神無月家《かんなづきけ》とは関係《かんけい》ない、とは？」

ふたりは頬《ほお》を紅潮《こうちょう》させながら、競《きそ》うように話《はな》しだした。

「神無月綺羅《かんなづききら》はね、本当《ほんとう》は神無月家《かんなづきけ》の人間《にんげん》じゃないの。どこの誰《だれ》かもわからない子《こ》よ」

「表向《おもてむ》きは隠《かく》されているけど、裏《うら》では有名《ゆうめい》な話《はなし》。神無月夫妻《かんなづきふさい》には子供《こども》ができなくてね、児《じ》童養護施設《どうようごしせつ》にいた子供《こども》の中《なか》から、あの子《こ》を選《えら》んで引《ひ》きとったの」

わたしは息《いき》を飲《の》んだ。

綺羅《きら》さんは……神無月夫妻《かんなづきふさい》の本当《ほんとう》の子供《こども》じゃない？

零士君《れいじくん》は驚《おどろ》いてみせる。

「そうなんですか？　先輩《せんぱい》は美《うつく》しく、成績《せいせき》もすばらしく、生徒会長《せいとかいちょう》もつとめています。とてもそんなふうには見《み》えませんけど」

「騙《だま》されちゃダメよ。あの子《こ》、自分《じぶん》は神無月家《かんなづきけ》の令嬢《れいじょう》だって大《おお》きな顔《かお》をしてるけど、まっかな偽者《にせもの》だから」

ふたりは嘲笑《ちょうしょう》しながら話《はなし》をつづける。

「大《たい》した演技力《えんぎりょく》よね。まるで女優《じょゆう》。そういえばこの前《まえ》、ドラマにも出《で》てたわよね」

「そんなの実力《じつりょく》なわけないじゃない。芸能界《げいのうかい》に入《はい》ったのだって、神無月家《かんなづきけ》の力《ちから》があったからよ」

陰口《かげぐち》をたたきながら、ふたりは笑《わら》っていた。

でも目《め》が笑《わら》っていない。

ぶわっ。

そのとき、ふたりから黒《くろ》い霧《きり》のようなものが出《で》てきた。

(えっ⁉)

ふたりだけではなかった。

キレイなモデルの人《ひと》、優《やさ》しそうなおじさまたち、他《ほか》の人《ひと》たちからも黒《くろ》い霧《きり》が出《で》ている。

きらめいていた会場《かいじょう》には黒《くろ》い霧《きり》がたちこめていて、夜《よる》みたいに真《ま》っ暗《くら》になってしまった。

わたしは身震《みぶる》いして、後《あと》ずさった。

「リン、どうした?」

「零士君《れいじくん》……あれは、何《なに》? なんか……みんなから、黒《くろ》いものが……!」

零士君《れいじくん》は目《め》を鋭《するど》く細《ほそ》めて、そっと小声《こごえ》で言《い》った。

「あれは、悪意《あくい》だ」

「悪意《あくい》……?」

いろんな人《ひと》たちが黒《くろ》い悪意《あくい》を放《はな》っている。

みんな、笑《わら》いながら。

着飾《きかざ》った人《ひと》たちの笑顔《えがお》が仮面《かめん》のように見《み》えた。

豪華《ごうか》できらびやかなパーティーには、悪意《あくい》が渦巻《うずま》いていた。

「うっ……」

わたしは口《くち》を手《て》で覆《おお》った。

ふらつくわたしの肩《かた》を、零士君《れいじくん》がつかんで支《ささ》える。

「リン、どうした？　大丈夫《だいじょうぶ》か？」

「ちょっと……気持《きも》ち悪《わる》い……」

息苦《いきぐる》しくて、吐《は》きそう。

零士君《れいじくん》に支《ささ》えられて、かろうじて立《た》っているけど、それもつらくなってきた。

そこへ群雲《むらくも》さんが静《しず》かに近《ちか》づいてきて、わたしたちに言《い》った。

「こちらへ」

5

ザザーン……ザザーン……。

波音《なみおと》が聞《き》こえる。

群雲《むらくも》さんに案内《あんない》されて、わたしは零士君《れいじくん》と広《ひろ》いテラスに出《で》た。

目《め》の前《まえ》には海《うみ》が広《ひろ》がっていて、その先《さき》には長《なが》い水平線《すいへいせん》が見《み》える。

テラスにはテーブルと椅子《いす》が置《お》かれていて、わたしは零士君《れいじくん》に支《ささ》えられながら椅子《いす》に座《すわ》った。

「リン、大丈夫《だいじょうぶ》か？」

「うん……」

ゆるやかに吹《ふ》く潮風《しおかぜ》が、体《からだ》にこびりついた悪意《あくい》を洗《あら》い流《なが》してくれる。

ここは空気《くうき》が澄《す》んでいる。

わたしは深呼吸《しんこきゅう》した。

群雲《むらくも》さんがトレーにのせて水《みず》の入《はい》ったグラスを運《はこ》んできて、テーブルに置《お》いてくれた。

「どうぞ」

零士君《れいじくん》が警戒《けいかい》の目《め》で水《みず》を見《み》ると、群雲《むらくも》さんが言《い》った。

「ただの水《みず》だ。毒《どく》など入《はい》っていない」

「証拠《しょうこ》は？」

「そんな姑息《こそく》な方法《ほうほう》で白魔女《しろまじょ》を倒《たお》したとしても、綺羅様《きらさま》は喜《よろこ》ばない」

零士君《れいじくん》は水《みず》の入《はい》ったグラスをわたしにくれた。

わたしは水《みず》を一口《ひとくち》飲《の》んで、息《いき》をついた。

冷《つめ》たい水《みず》がのどを通《とお》り、気持《きも》ち悪《わる》さが流《なが》されてなくなった。

「群雲《むらくも》さん、ありがとうございます。すみません、ご迷惑《めいわく》をおかけして……」

「来客《らいきゃく》の世話《せわ》をするのもわたしの務《つと》めだ。礼《れい》には及《およ》ばない」

わたしはもう一口《ひとくち》、水《みず》を飲《の》んで、さっきのことを思《おも》い返《かえ》した。

「急《きゅう》に息苦《いきぐる》しくなって……気持《きも》ち悪《わる》くなって……なんでかな？」

零士君《れいじくん》が背《せ》をさすってくれながら、教《おし》えてくれた。

「悪意《あくい》にあてられたんだろう」

「悪意《あくい》……あの黒《くろ》いもの……？」

「そうだ」

あの人《ひと》たちから出《で》てきた黒《くろ》い霧《きり》のようなもの。

「いきなり見《み》えて……どうして？」

「最初《さいしょ》、君《きみ》の意識《いしき》はパーティーの華《はな》やかさに向《む》いていたから、気《き》づかなかったんだ。だが途中《とちゅう》で、悪意《あくい》の存在《そんざい》に気《き》づき、その余波《よは》を受《う》けてしまった。もっとも、君《きみ》に向《む》けられた悪《あく》意《い》ではないが――」

零士君《れいじくん》が群雲《むらくも》さんの方《ほう》を向《む》いて、問《と》いかけた。

「招待客《しょうたいきゃく》の多《おお》くが、黒魔女《くろまじょ》に悪意《あくい》をもっている。なぜそんな連中《れんちゅう》をパーティーに招《まね》く？　黒魔女《くろまじょ》に危害《きがい》が及《およ》ぶのではないか？」

群雲《むらくも》さんはわたしのグラスに水《みず》を注《つ》ぎ足《た》してくれながら言《い》った。

「悪意《あくい》は遠《とお》ざけようとしても、まとわりついてくるもの。ならば、逃《に》げずに迎《むか》え撃《う》つ。それが綺羅様《きらさま》のご意志《いし》だ」

わたしはあぜんとした。

「綺羅《きら》さんの……意志《いし》？」

「このようなパーティーに参加《さんか》するのが、神無月《かんなづき》を名乗《なの》る者《もの》の義務《ぎむ》だからだ。神無月家《かんなづきけ》に引《ひ》きとられるとき、綺羅様《きらさま》は両親《りょうしん》となる夫妻《ふさい》からいくつか条件《じょうけん》を示《しめ》され、それを飲《の》んだ。これも条件《じょうけん》のひとつだからな」

群雲《むらくも》さんが紫《むらさき》の瞳《ひとみ》にわたしを映《うつ》した。

「聞《き》いたのだろう？　綺羅様《きらさま》の生《お》い立《た》ちを」

「……はい……」

「子供《こども》のいなかった神無月夫妻《かんなづきふさい》は、聡明《そうめい》で能力《のうりょく》のある子《こ》を探《さが》し、綺羅様《きらさま》が選《えら》ばれた。それだけのことだ」

それだけって……。

ふいに群雲《むらくも》さんがぴくりと反応《はんのう》し、テラスに通《つう》じるガラス扉《とびら》を開《あ》けて姿勢《しせい》を正《ただ》す。

ほどなくして、綺羅《きら》さんがやってきた。

「あ、綺羅《きら》さん……！」

綺羅《きら》さんはツカツカと近《ちか》づいてきて、不機嫌《ふきげん》をあらわにわたしに言《い》った。

「『誕生日《たんじょうび》おめでとう』なんて、言《い》うんじゃないわよ」

「え？」

「心《こころ》にもない言葉《ことば》、うんざりだわ」

わたしは口《くち》をつぐんだ。

誕生日《たんじょうび》パーティーなのに、おめでとう、と言《い》われたくないなんて……。

綺羅《きら》さんは、海《うみ》に向《む》かって置《お》いてあるひとりがけの椅子《いす》に腰《こし》かけた。

わたしや零士君《れいじくん》がいるのに、こっちを見《み》ない。

話《はな》しかけるな、というオーラを体中《からだじゅう》から発《はっ》している。

でも話《はな》したいこともあるし、無言《むごん》でいるのも失礼《しつれい》な気《き》がして。

わたしはためらいながらも、おずおずと話《はな》しかけた。

「あの……すみません、呼《よ》ばれてもないのに、パーティーにお邪魔《じゃま》してしまって」

「群雲《むらくも》から聞《き》いているわ。わたくしだけじゃなく、正体不明《しょうたいふめい》の誰《だれ》かからもよくわからないちょっかいを出《だ》されているのね。まったく、つくづく白魔女《しろまじょ》は災《わざわ》いの元凶《げんきょう》ね」

返《かえ》す言葉《ことば》もない。

綺羅《きら》さんは横目《よこめ》でわたしを見《み》て叱《しか》るように言《い》った。

「あの程度《ていど》の悪意《あくい》でまいるなんて、情《なさ》けない」

「す、すみません……綺羅《きら》さんは大丈夫《だいじょうぶ》なんですか？」

「慣《な》れてるわ」

「え？」

「人《ひと》は誰《だれ》しも、悪意《あくい》をもっている。悪意《あくい》を浴《あ》びることなんて日常茶飯事《にちじょうさはんじ》よ」

綺羅《きら》さんは平然《へいぜん》とした顔《かお》で言《い》い放《はな》って、海《うみ》の方《ほう》に目《め》を向《む》けた。

わたしは人々《ひとびと》から放《はな》たれる悪意《あくい》が気持《きも》ち悪《わる》くて、苦《くる》しくて、あの会場《かいじょう》にいることが耐《た》えられなかった。

悪意《あくい》を向《む》けられている綺羅《きら》さんが、まったく平気《へいき》なんてことがあるんだろうか。

(本当《ほんとう》に、大丈夫《だいじょうぶ》なのかな？)

ザザーン……ザザーン……。

波音《なみおと》が耳《みみ》に心地《ここち》いい。

綺羅《きら》さんは椅子《いす》にもたれて、ゆっくり深呼吸《しんこきゅう》する。

いつもここで、こんなふうに海《うみ》を眺《なが》めているのかな？

ここは、綺羅《きら》さんの休憩場所《きゅうけいばしょ》なのかもしれない。

綺羅《きら》さんは群雲《むらくも》さんに言《い》った。

「群雲《むらくも》、贈《おく》られたプレゼント、すべて処分《しょぶん》なさい」

「かしこまりました」

わたしは驚《おどろ》いて、思《おも》わず問《と》いかけた。

「えっ、どうしてですか？」

「すべてのプレゼントに、悪意《あくい》がこもっているからよ」

綺羅《きら》さんはステージで贈《おく》られた高価《こうか》なダイヤのネックレスをとり、海《うみ》に向《む》かって投《な》げ捨《す》てた。

「なぜ彼《かれ》らはこんなパーティーに来《く》ると思《おも》う？　わたくしに近《ちか》づいて、神無月財閥《かんなづきざいばつ》の財産《ざいさん》や権力《けんりょく》のおこぼれにあずかろうとしているからよ。彼《かれ》らの心《こころ》の中《なか》は、嫉妬《しっと》や嫌悪《けんお》でいっぱい。わたくしに笑顔《えがお》で『誕生日《たんじょうび》おめでとう』と言《い》いながら、陰《かげ》では薄汚《うすぎたな》くののしっているのよ」

会場《かいじょう》にいた人《ひと》たちに自分《じぶん》がどう言《い》われているのか、綺羅《きら》さんは全部《ぜんぶ》知《し》っているみたいだ。

「悪意《あくい》に染《そ》まっているものを長《なが》くそばに置《お》くと、あなたのように体調《たいちょう》を崩《くず》すことになる。だから処分《しょぶん》するの」

「そんな……」

「父《ちち》や母《はは》は、政財界《せいざいかい》やさまざまな業界《ぎょうかい》の有力者《ゆうりょくしゃ》を招待《しょうたい》し、彼《かれ》らとのつながりを確保《かくほ》するため、神無月家《かんなづきけ》の一人娘《ひとりむすめ》のバースデーパーティーを利用《りよう》している。わたくしの誕生日《たんじょうび》を心《こころ》から祝《いわ》っている人《ひと》なんて、誰《だれ》もいないのよ」

「そんなこと、ないです！」

綺羅《きら》さんが怒《おこ》ったような鋭《するど》い目《め》でわたしを見《み》た。

「きれいごとなんて聞《き》きたくないわ。プレゼントのすべてに、多《おお》かれ少《すく》なかれ悪意《あくい》がこもっている。それが何《なに》よりの証拠《しょうこ》じゃない」

「でも……誕生日《たんじょうび》なのに……」

すごく胸《むね》が痛《いた》む。

「こんなこと、どうってことないわ。わたくしには、やらなければならないことがあるのだから」

「やらなければならないことって……？」

「あなたには絶対《ぜったい》にできないことよ」

綺羅《きら》さんはわたしをつき放《はな》すように言《い》った。

いつもこうなんだろうか。

大勢《おおぜい》から悪意《あくい》を向《む》けられて、それを誰《だれ》にも相談《そうだん》せず、友達《ともだち》も作《つく》ろうとしない。

でも——だからこそ。

わたしは思《おも》いきって、話《はな》したかったことを言《い》ってみた。

「あの……わたしたち、仲良《なかよ》くできないんでしょうか？」

綺羅《きら》さんが怪訝《けげん》な顔《かお》で問《と》い返《かえ》してきた。

「仲良《なかよ》く……？」

たぶん、魔女ってそんなに多《おお》くない。

数少《かずすく》ない魔女《まじょ》のわたしたちが、この世界《せかい》に生《う》まれて出会《であ》った。

できることなら、この縁《えん》を大切《たいせつ》にしたい。

「同《おな》じ魔女《まじょ》なんだし……」

「同《おな》じじゃないわ」

綺羅《きら》さんは断言《だんげん》した。

「あなたとわたくしはまったく違《ちが》う。考《かんが》え方《かた》も、置《お》かれた状況《じょうきょう》も、何《なに》もかも。同《おな》じものなんて、ひとつもないわ。パーティーに来《き》たくらいで、図《ず》に乗《の》らないでちょうだい」

「す、すみません……」

わたしは謝《あやま》りながら、椅子《いす》の横《よこ》に置《お》いていたプレゼントの袋《ふくろ》をそっと背《せ》に隠《かく》した。

綺羅《きら》さんがわたしの動《うご》きに目《め》を留《と》める。

「それは何《なに》？」

「え？　な、なんでもないです」

がんばって用意《ようい》したプレゼントだけど、とても見《み》せられない。

すると、綺羅《きら》さんがスッとわたしの方《ほう》へ人《ひと》さし指《ゆび》をのばして、魔法《まほう》の呪文《じゅもん》を唱《とな》えた。

「スパイラル・スピンクス」

綺羅《きら》さんは魔法《まほう》で糸《いと》をつむぎ、それをあやつる。

細《ほそ》い糸《いと》がプレゼントの袋《ふくろ》に巻《ま》きつき、引《ひ》っぱられて、わたしの手《て》から離《はな》れた。

「あ！」

袋《ふくろ》が宙《ちゅう》を飛《と》んで、綺羅《きら》さんの手《て》に落《お》ちた。

それを見《み》た瞬間《しゅんかん》、綺羅《きら》さんはわずかに目《め》を見開《みひら》いた。

「これは……——何《なに》？」

「えっと、その……いちおう、誕生日《たんじょうび》プレゼント……です」

用意《ようい》したプレゼントは、猫《ねこ》をかたどった手作《てづく》りのクッキーだった。

いろいろなポーズの猫《ねこ》、猫《ねこ》の顔《かお》、猫《ねこ》の手《て》……思《おも》いつくかぎりの猫《ねこ》の形《かたち》を作《つく》り、アイシングで色《いろ》をつけて飾《かざ》りつけた。

昨日《きのう》の夜《よる》、御影君《みかげくん》に手伝《てつだ》ってもらいながら作《つく》ったものだ。

それをビニール袋《ぶくろ》に入《い》れて、リボンと猫《ねこ》のシールを貼《は》ってラッピングした。

手作《てづく》り感《かん》がいっぱいで、高級《こうきゅう》プレゼントと比《くら》べものにならない。

綺羅《きら》さんが眉《まゆ》をひそめて低《ひく》い声《こえ》で言《い》った。

「なぜこれを、わたくしに？」

わたしはしどろもどろに言《い》い訳《わけ》した。

「何《なに》をプレゼントしたらいいか、わからなくて……綺羅《きら》さんが喜《よろこ》んでくれそうなものをって、いろいろ考《かんが》えたんですけど……」

猫《ねこ》の群雲《むらくも》さんと写《うつ》っている写真《しゃしん》で、綺羅《きら》さんはとてもかわいい笑顔《えがお》をしていた。

もしかして、綺羅《きら》さんは猫《ねこ》が好《す》きなんじゃないかな？

そう思《おも》ったんだけど……。

でも綺羅《きら》さんは猫《ねこ》クッキーをじっと見《み》つめて、不機嫌《ふきげん》な声《こえ》で言《い》った。

「こんなもので、わたくしが喜《よろこ》ぶとでも？」

「す、すみません！」

綺羅《きら》さんは、クッキーをつき返《かえ》してきた。

「いらないわ」

あぁ、やっぱり。

「すみません……」

しゅんとしながらクッキーを受《う》けとった。

「綺羅様《きらさま》、まもなく演奏《えんそう》のお時間《じかん》です」

群雲《むらくも》さんにうながされて綺羅《きら》さんは立《た》ち上《あ》がり、わたしに言《い》った。

「ここは、あなたがいるべき場所《ばしょ》じゃないわ。さっさとおかえりなさい」

そして、ふたたびパーティー会場《かいじょう》へと戻《もど》っていった。

悪意《あくい》が渦巻《うずま》く場所《ばしょ》へ、自《みずか》らの足《あし》で歩《あゆ》んでいく。

その背中《せなか》は戦場《せんじょう》へ向《む》かう戦士《せんし》のようで。

わたしはかける言葉《ことば》もなく、ただ見送《みおく》ることしかできなかった。

6

わたしは零士君《れいじくん》と一緒《いっしょ》に、神無月家《かんなづきけ》を出《で》た。

門《もん》から外《そと》へ出《で》たけど、御影君《みかげくん》たちの姿《すがた》が見当《みあ》たらない。

「あれ？　御影君《みかげくん》、虎鉄君《こてつくん》？」

「上《うえ》だ」

零士君《れいじくん》が頭上《ずじょう》を指《ゆび》さす。

グルルルルル……！

見上《みあ》げると、木《き》の枝《えだ》の上《うえ》に黒猫《くろねこ》と虎猫《とらねこ》がいて、不機嫌《ふきげん》にうなっていた。

「ごめんね、お待《ま》たせして」

すねてしまったのか、ふたりとも木《き》から降《お》りてこない。

2匹《ひき》の猫《ねこ》は、枝《えだ》から零士君《れいじくん》をにらんで、

「おせーよ零士《れいじ》！」

「おまえばっかり、リンと楽《たの》しみやがって！」

零士君《れいじくん》はわたしの肩《かた》を抱《だ》いて引《ひ》き寄《よ》せて、さらりと言《い》い返《かえ》す。

「うむ。おおいに楽《たの》しませてもらった」

2匹《ひき》の猫《ねこ》が枝《えだ》からとびおり、御影君《みかげくん》と虎鉄君《こてつくん》の姿《すがた》になる。

「く〜、こんにゃろう！」

「ぬけぬけと言《い》いやがって！」

そのとき御影君《みかげくん》がわたしを見《み》て、ハッとした顔《かお》をした。

「リン、顔色《かおいろ》が悪《わる》くないか？」

「え？　そう？」

虎鉄君《こてつくん》が顔《かお》をのぞきこんできて、

「たしかに。疲《つか》れたのか？」

「ううん、ちょっと途中《とちゅう》で気分《きぶん》が悪《わる》くなっちゃっただけで」

「なにぃ！」

「一大事《いちだいじ》じゃねえか！」

大騒《おおさわ》ぎする御影君《みかげくん》たちを抑《おさ》えるように、零士君《れいじくん》が説明《せつめい》した。

「人間《にんげん》たちの悪意《あくい》に少《すこ》しあてられたんだ。リンにではなく、黒魔女《くろまじょ》に対《たい》する悪意《あくい》に。少《すこ》し休《やす》めば回復《かいふく》する程度《ていど》のものだ、心配《しんぱい》はいらない」

御影君《みかげくん》と虎鉄君《こてつくん》が安堵《あんど》したように息《いき》をつき、いまいましそうに舌打《したう》ちする。

「あいつら、リンまで巻《ま》きこみやがって」

「はた迷惑《めいわく》な奴《やつ》だな」

「本当《ほんとう》にもう、大丈夫《だいじょうぶ》だから。それより、御影君《みかげくん》も虎鉄君《こてつくん》もお腹《なか》すいたでしょ？　残《のこ》りものでの悪《わる》いんだけど……クッキー、食《た》べる？」

さしだしたクッキーを見《み》て、御影君《みかげくん》がハッとした。

「リン、それは……！」

わたしは精一杯笑《せいいっぱいわら》いながら言《い》った。

「プレゼント……やっぱり、受《う》けとってもらえなかった。お祝《いわ》いするのって、難《むずか》しいね」

「黒魔女《くろまじょ》め、リンがせっかく作《つく》ったのに！」

「食《た》べたくない奴《やつ》に、無理《むり》にやることたねーよ。リン、それ、食《た》べていいか？」

「うん。どうぞ」

「俺《おれ》も食《た》べるぞ！」

御影君《みかげくん》と虎鉄君《こてつくん》に食《た》べてもらえるなら、うれしい。

「パーティーのごちそうとは、ぜんぜん比《くら》べものにはならないだろうけど……」

「俺《おれ》たちにとっちゃあ、どんなごちそうよりも勝《まさ》る」

「おおげさだよ」

「いや、マジだけど」

そのとき、ピアノのメロディが聴《き》こえてきた。

「あ、これって……綺羅《きら》さんのピアノ？」

さっき群雲《むらくも》さんが綺羅《きら》さんに、演奏《えんそう》の時間《じかん》だって言《い》ってた。

零士君《れいじくん》はうなずいて、

「モデルの雑誌《ざっし》に載《の》っていたプロフィールに、特技《とくぎ》はピアノとあった。悪《わる》くない演奏《えんそう》だ」

きれいな音色《ねいろ》が胸《むね》に心地《ここち》よく響《ひび》く。

うっとりと聴《き》いていると、胸元《むなもと》でスタージュエルがチカチカ光《ひか》りだした。

「スタージュエルが！」

虎鉄君《こてつくん》がうれしそうにニッと笑《わら》った。

「おいでなすったか」

神無月家《かんなづきけ》につづく道《みち》を、大勢《おおぜい》のグールがやってくるのが見《み》えた。

真《ま》っ黒《くろ》に染《そ》まったグールは、あるものは虫《むし》のようにはいながら、あるものは獣《けもの》のようにうなりながら、あるものは爬虫類《はちゅうるい》のようにぬめぬめと黒光《くろびか》りして、気味《きみ》の悪《わる》い姿《すがた》でこちらへやってくる。

「どうしてグールが？」

零士君《れいじくん》がグールから目《め》を離《はな》さずに言《い》う。

「パーティーに招待《しょうたい》された人間《にんげん》たちの悪意《あくい》、それに引《ひ》き寄《よ》せられて、自然発生《しぜんはっせい》したグールが集《あつ》まってきている」

「悪意《あくい》に引《ひ》き寄《よ》せられて……？」

「類《るい》は友《とも》を呼《よ》ぶ、ということだ」

無数《むすう》のグールが神無月家《かんなづきけ》に向《む》かって突進《とっしん》し、門《もん》や壁《かべ》のあたりで、魔法《まほう》の防壁《ぼうへき》に弾《はじ》かれる。

でもグールたちはひるむことなく、防壁《ぼうへき》に体当《たいあ》たりしたり、爪《つめ》をたてたりして、破《やぶ》ろうとしている。

防壁《ぼうへき》がミシッときしむ音《おと》がした。

「どうやら、黒魔女《くろまじょ》のパーティーに乱入《らんにゅう》しようとしているらしい」

「あいつのパーティーがどうなろうと、知《し》ったこっちゃねーな」

「だな。俺《おれ》たちには関係《かんけい》ねー」

3人《にん》が言《い》った。

でも――

ピアノを演奏《えんそう》している綺羅《きら》さんは、グールと戦《たたか》えない。

ふつうの人《ひと》にはグールは見《み》えないから、逃《に》げようもない。

もしも防壁《ぼうへき》が破《やぶ》られたら、大変《たいへん》なことになる。

わたしは御影君《みかげくん》たち3人《にん》に頭《あたま》を下《さ》げた。

「ごめんなさい！　力《ちから》を貸《か》して！　綺羅《きら》さんのパーティーを守《まも》りたいの……！」

御影君《みかげくん》がすっと前《まえ》に来《き》て、わたしに手《て》をさしのべてきた。

「俺《おれ》の力《ちから》、貸《か》してほしい？」

わたしは御影君《みかげくん》の手《て》をぎゅっと握《にぎ》って言《い》った。

「お願《ねが》い……！」

ゴオオオ……！

足元《あしもと》に赤《あか》い魔法陣《まほうじん》が現《あらわ》れて、燃《も》え上《あ》がる炎《ほのお》の中《なか》で御影君《みかげくん》が笑《わら》った。

「お願《ねが》い、最高《さいこう》」

「え？」

御影君《みかげくん》が赤《あか》い瞳《ひとみ》でわたしを見《み》つめる顔《かお》を寄《よ》せてきた。

「リンに見《み》つめられて、リンにふれられて、リンに求《もと》められる……俺《おれ》の魂《たましい》がリンで満《み》たされる」

ドキン、ドキン、ドキン……胸《むね》が痛《いた》くなるくらい高鳴《たかな》る。

炎《ほのお》のような赤《あか》い瞳《ひとみ》に見《み》つめられて、全身《ぜんしん》が熱《あつ》くなる。

「炎《ほのお》よ！」

御影君《みかげくん》は黒衣《こくい》の悪魔《あくま》の姿《すがた》になった。

「おら、交代《こうたい》」

腕《うで》をつかまれて、空中《くうちゅう》に体《からだ》が浮《う》く。

空中《くうちゅう》に金色《きんいろ》の魔法陣《まほうじん》。

ビュオオオ……！

風《かぜ》に巻《ま》かれて、虎鉄君《こてつくん》に抱《だ》きしめられていた。

力強《ちからづよ》い腕《うで》で、優《やさ》しくふんわりとわたしを包《つつ》みこむ。

広《ひろ》い胸《むね》の中《なか》でドキドキしていると、

「リンの鼓動《こどう》が聞《き》こえる……いま、俺《おれ》にトキメいてるだろ？」

ドッキーン！
バ、バレてる。
恥《は》ずかしくてあわあわしてると、虎鉄君《こてつくん》がぎゅっと腕《うで》に力《ちから》をこめてささやいた。

「俺《おれ》もだ。俺《おれ》の心臓《しんぞう》、すっげー音《おと》してる」

頬《ほお》が、虎鉄君《こてつくん》の胸元《むなもと》にふれてるから伝《つた》わってくる。

ドクドクドク……！

虎鉄君《こてつくん》もドキドキしてる。

「嵐《あらし》の前《まえ》ぶれだ」

虎鉄君《こてつくん》は息《いき》を深《ふか》く吸《す》いこんで、そして叫《さけ》んだ。

「風《かぜ》よ！」

金色《きんいろ》の瞳《ひとみ》が輝《かがや》く悪魔《あくま》になった。

ウウウ……グルル……！

うなり声《ごえ》が近《ちか》くで聞《き》こえて、ぎくりとする。

魔法《まほう》の壁《かべ》にはりついていたグールたちが、今度《こんど》はこっちに向《む》かってくる。

零士君《れいじくん》が叫《さけ》んだ。

「御影《みかげ》、虎鉄《こてつ》！　グールがリンに気《き》づいた！」

グールにとって、わたしの魔力《まりょく》はごちそう。

波《なみ》のようにせまってくるグールにゾッとしていると、ふたりの悪魔《あくま》がわたしの前《まえ》に立《た》った。

御影君《みかげくん》と虎鉄君《こてつくん》が黒衣《こくい》をはためかせて、せまり来《く》るグールたちと向《む》かい合《あ》う。

「うじゃうじゃ来《き》やがって」

「あれくらい、俺《おれ》はヨユーだけどな」

「俺《おれ》だって、負《ま》ける気《き》しねえ」

「お先《さき》！」

虎鉄君《こてつくん》が踏《ふ》みだし、身構《みがま》えて魔法《まほう》の呪文《じゅもん》を唱《とな》えた。

「吹《ふ》き飛《と》ばせ！　ハイストーム！」

発生《はっせい》した突風《とっぷう》にグールたちがなぎはらわれ、砂浜《すなはま》の方《ほう》まで吹《ふ》き飛《と》ばされた。

今度《こんど》は御影君《みかげくん》がジャンプし、波打《なみう》ち際《ぎわ》に着地《ちゃくち》して炎《ほのお》を放《はな》つ。

「うなれ炎《ほのお》！　火炎噴射《かえんふんしゃ》！」

燃《も》え盛《さか》る炎《ほのお》が、波《なみ》しぶきごとグールを燃《も》やしつくす。

風《かぜ》がグールを引《ひ》き裂《さ》き、砂《すな》を舞《ま》い上《あ》がらせる。

火炎《かえん》と強風《きょうふう》にあおられたグールたちは、抵抗《ていこう》する間《ま》もなく瞬時《しゅんじ》に消滅《しょうめつ》する。

でも、グールの数《かず》がすごく多《おお》い。

まだたくさんのグールが、うなり声《ごえ》をあげながら砂浜《すなはま》を歩《ある》いている。

「御影君《みかげくん》と虎鉄君《こてつくん》、大丈夫《だいじょうぶ》かな？」

わたしの心配《しんぱい》を、零士君《れいじくん》がきっぱりと打《う》ち消《け》す。

「問題《もんだい》ない」

「でも、ふたりともお昼《ひる》ごはん食《た》べてないし、力《ちから》が出《で》ないんじゃ――」

零士君《れいじくん》はフッと笑《わら》った。

「ふたりは充分《じゅうぶん》に満《み》たされている。君《きみ》とふれ合《あ》って、これ以上《いじょう》はないくらい、魔力《まりょく》は高《たか》まっている」

零士君《れいじくん》の言《い》ったとおりだった。

炎《ほのお》と風《かぜ》は衰《おとろ》えるどころか、ますます勢《いきお》いを増《ま》す。

ほどなくして、たくさんいたグールはすべて消《き》え失《う》せてしまった。

それと同時《どうじ》にピアノの演奏《えんそう》も終《お》わったようで、盛大《せいだい》な拍手《はくしゅ》が聞《き》こえてきた。

綺羅《きら》さんの演奏《えんそう》は無事《ぶじ》、最後《さいご》までできたみたいだ。

(よかった)

そのとき、冷《ひ》ややかな声《こえ》が聞《き》こえた。

「――退屈《たいくつ》な戦《たたか》いだな」

見《み》ると、いつの間《ま》にか砂浜《すなはま》に群雲《むらくも》さんが立《た》っていた。

「満《み》ちあふれる魔力《まりょく》をどのように使《つか》うのかと見《み》ていれば……力任《ちからまか》せにグールにぶつけるだけとは、芸《げい》がない。未熟者《みじゅくもの》どもめ」

御影君《みかげくん》と虎鉄君《こてつくん》が、群雲《むらくも》さんをキッとにらむ。

「あぁ？　なんだと？」

「黒魔女《くろまじょ》を狙《ねら》ってきたグールを、片付《かたづ》けてやったんだぞ」

「おまえたちがやらずとも、わたしが片付《かたづ》けた。もっとスマートに、かつ迅速《じんそく》にな」

ぐるるるる！

御影君《みかげくん》と虎鉄君《こてつくん》が、牙《きば》をむいてうなる。

零士君《れいじくん》が、群雲《むらくも》さんに言《い》う。

「わざわざそんなことを言《い》いに来《き》たのか？」

「まさか。わたしはそんなに暇《ひま》ではない。用《よう》があるから来《き》たのだ」

そう言《い》って、群雲《むらくも》さんはわたしに目《め》を向《む》けた。

御影君《みかげくん》たちがわたしを背《せ》に隠《かく》して、群雲《むらくも》さんと対峙《たいじ》する。

「リンになんの用《よう》だ？」

群雲《むらくも》さんが、わたしの手元《てもと》を指《ゆび》さして言《い》った。

「白魔女《しろまじょ》リン……その綺羅様《きらさま》への誕生日《たんじょうび》プレゼント、もらってもよろしいか？」

「え？」

「わたしから、綺羅様《きらさま》に渡《わた》す」

想像《そうぞう》もしてなかった申《もう》し出《で》に、すごく驚《おどろ》いた。

「でも、綺羅《きら》さんはいらないって……」

「あの場《ば》では、そう言《い》うしかないだろう。敵《てき》と認識《にんしき》している白魔女《しろまじょ》からのプレゼントを受《う》けとるなど、綺羅様《きらさま》のプライドが許《ゆる》さない」

「はあ」

よくわからなくて、わたしは首《くび》をかしげる。

「でも、プレゼントは全部《ぜんぶ》、処分《しょぶん》するんじゃ……？」

「悪意《あくい》から綺羅様《きらさま》を守《まも》るためだ。だがなぜか、君《きみ》のプレゼントからは悪意《あくい》のかけらも感《かん》じない。神無月家《かんなづきけ》に入《はい》りこみ、綺羅様《きらさま》について調《しら》べるというもくろみがあったのに、だ」

あ、バレてたんだ。

「加《くわ》えて、それを見《み》たとき、綺羅様《きらさま》の目《め》が一瞬《いっしゅん》、やわらいだ」

「え？　そう……でしたか？」

わたしには、不機嫌《ふきげん》になってしまったようにしか見《み》えなかったけど。

首《くび》をかしげてばかりのわたしに、群雲《むらくも》さんはわかりやすく教《おし》えてくれた。

「つまり、その形《かたち》が綺羅様《きらさま》のお好《この》みに合《あ》っていた、ということだ」

「えっと……綺羅《きら》さんは猫《ねこ》が好《す》き、なんですか？」

少《すこ》しためらうような間《ま》をおいて、群雲《むらくも》さんはうなずいた。

「そうだ」

わぁ！　とわたしは思《おも》わずはしゃぎ声《ごえ》をあげた。

「雑誌《ざっし》で見《み》たんです。綺羅《きら》さんが、猫《ねこ》の群雲《むらくも》さんと一緒《いっしょ》に写《うつ》っている写真《しゃしん》。どの写真《しゃしん》よりも、綺羅《きら》さんの表情《ひょうじょう》が優《やさ》しい気《き》がして……もしかしたら、綺羅《きら》さんも、猫《ねこ》が好《す》きなんじゃないかなって」

群雲《むらくも》さんは真顔《まがお》で言《い》った。

「わたしをおそばに置《お》いている。綺羅様《きらさま》が、猫《ねこ》が嫌《きら》いなわけがあるまい」

「ですよね！」

うれしいなぁ。とってもうれしい。

同《おな》じものはひとつもないって綺羅《きら》さんは言《い》っていたけど、共通点《きょうつうてん》を発見《はっけん》した。

綺羅《きら》さんも、わたしも、猫《ねこ》が大好《だいす》き！

ものすごく親近感《しんきんかん》を感《かん》じる。

御影君《みかげくん》たちが顔《かお》をゆがめながら、

「なんだよ、猫《ねこ》クッキー、ほしいならほしいって言《い》えばいいじゃねーか」

「ひねくれてる上《うえ》に、めんどくせー奴《やつ》だな」

「かわいげがないにもほどがある」

そんな３人《にん》の意見《いけん》に、群雲《むらくも》さんが反論《はんろん》した。

「わかってないな。だから、おまえたちは未熟《みじゅく》だというんだ。素直《すなお》でないところが、愛《あい》らしいのではないか」

あたたかいものが、じんわりと胸《むね》の中《なか》に広《ひろ》がるのを感《かん》じた。

「よかった……」

つぶやいたわたしを、群雲《むらくも》さんが不審《ふしん》げに見《み》てきた。

「何《なに》がだ？」

「綺羅《きら》さんに群雲《むらくも》さんがいて、よかったです」

群雲《むらくも》さんは少し驚《すこおどろ》いたように一瞬目《いっしゅんめ》を見開《みひら》いて、そして問《と》い返《かえ》してきた。

「──なぜ、そう思《おも》う？」

「綺羅《きら》さんはとても強《つよ》い人《ひと》だと思《おも》います。でもそれは、群雲《むらくも》さんが一緒《いっしょ》だからなんですね。だから……よかったなぁって」

わたしに、御影君《みかげくん》たちがいるみたいに。

綺羅《きら》さんは悪意《あくい》の渦《うず》の中《なか》にいるけれど、どんな悪意《あくい》にもびくともしないような群雲《むらくも》さんの強《つよ》い愛《あい》に包《つつ》まれて、守《まも》られている。

それがとてもうれしい。

ちょっと怖《こわ》かった群雲《むらくも》さんのパープルの瞳《ひとみ》が、なんだか優《やさ》しい色《いろ》に見《み》えてきた。

「そのプレゼント……渡《わた》してはみるが、綺羅様《きらさま》が受《う》けとるかどうかはわからない。それでもいいか？」

「はい。もしいらないって言《い》われたら、処分《しょぶん》してもらってかまいません。でも、これを見《み》て、少《すこ》しでも綺羅《きら》さんがホッとできるなら……その可能性《かのうせい》があるなら」

ひとときでも、戦《たたか》う綺羅《きら》さんの安《やす》らぎとなるなら。

わたしは猫《ねこ》クッキーを群雲《むらくも》さんにさしだした。

「よろしくお願《ねが》いします、群雲《むらくも》さん」

群雲《むらくも》さんは両手《りょうて》でクッキーを受《う》けとって、

「たしかに。――では」

わずかに頭《あたま》を下《さ》げ、踵《きびす》を返《かえ》して、パーティー会場《かいじょう》の方《ほう》へ去《さ》っていった。

わたしは両手《りょうて》でスタージュエルを握《にぎ》りしめながら、幸福《こうふく》を祈《いの》る魔法《まほう》の呪文《じゅもん》を唱《とな》えた。

「カルルクローラ……綺羅《きら》さん、お誕生日《たんじょうび》おめでとうございます」

綺羅《きら》さんに幸福《こうふく》がおとずれますように。

祈《いの》りながら、わたしは神無月家《かんなづきけ》を後《あと》にした。

第《だい》2話《わ》

狼《おおかみ》が来《き》た！

1

「星《ほし》はキラメキ、恋《こい》はトキメキ、運命《うんめい》の占《うらな》い師《し》、ミス＝セレナ！　あなたの運命《うんめい》、ズバッと占《うらな》っちゃうわよん☆」

セレナさんの元気《げんき》な声《こえ》を聞《き》くと、寝《ね》ぼけていた頭《あたま》もすっきり目《め》が覚《さ》める。

わたしはお父《とう》さんと朝食《ちょうしょく》を食《た》べながら、いつものようにテレビでセレナさんの星占《ほしうらな》いコーナーを見《み》ている。

わたしの横《よこ》の席《せき》には、ごろりと横《よこ》たわっている黒猫《くろねこ》。

まだ少《すこ》し眠《ねむ》そうで、窓《まど》から射《さ》しこむ朝《あさ》の光《ひかり》をよけてうとうとしている。

いつもの星占《ほしうらな》いが終《お》わったあと、セレナさんがトークをはじめた。

「明日《あした》は十五夜《じゅうごや》よん☆　つまり満月《まんげつ》！　お友達《ともだち》、恋人《こいびと》、家族《かぞく》、大好《だいす》きな人《ひと》たちと月見団子《つきみだんご》を食《た》べながら夜空《よぞら》を見上《みあ》げて、きれいな満月《まんげつ》を眺《なが》めるのをオススメするわ♪」

お父《とう》さんがごはんを食《た》べながらつぶやく。

「お月見《つきみ》かぁ、いいなぁ」

「そうだねぇ」

大好《だいす》きな人《ひと》たち――。

御影君《みかげくん》、虎鉄君《こてつくん》、零士君《れいじくん》、蘭《らん》ちゃんの顔《かお》が、頭《あたま》に浮《う》かぶ。

(みんなでお月見《つきみ》するのって、どうかな？)

夜《よる》、みんなで集《あつ》まって、おいしい月見団子《つきみだんご》やお茶《ちゃ》を飲《の》みながら、きれいな満月《まんげつ》を眺《なが》めておしゃべりする。

想像《そうぞう》しただけで、楽《たの》しくなってきた。

(今日《きょう》、みんなに提案《ていあん》してみよ)

うきうきしていると、それに釘《くぎ》を刺《さ》すようにセレナさんが言《い》った。

「でもひとつだけ注意《ちゅうい》してよん♪　みなさん、狼《おおかみ》には気《き》をつけてね☆」

「オオカミ？」

思《おも》わずテレビ画面《がめん》に向《む》かって聞《き》き返《かえ》す。

セレナさんの顔《かお》がどアップになって、わたしの疑問《ぎもん》に答《こた》えるように言《い》った。

「満月《まんげつ》には不思議《ふしぎ》なパワー、魔力《まりょく》があるのよん。出産《しゅっさん》が増《ふ》えたり、海《うみ》が大潮《おおしお》になったり、そして男《おとこ》の人《ひと》が突然《とつぜん》、狼《おおかみ》になったりね！」

と、がおー！　と狼《おおかみ》のようなしぐさをする。

「満月《まんげつ》の魔力《まりょく》が人《ひと》や動物《どうぶつ》を興奮《こうふん》させて、凶悪《きょうあく》な狼《おおかみ》へと変身《へんしん》させるのよ。しかも明日《あした》はただの満月《まんげつ》じゃないわ、月《つき》がもっとも地球《ちきゅう》に近《ちか》づくスーパームーン！　月《つき》の引力《いんりょく》も、魔力《まりょく》も、最大《さいだい》になるから、要注意《ようちゅうい》よん♪」

月《つき》には引力《いんりょく》があって、地球《ちきゅう》にさまざまな影響《えいきょう》をおよぼす。

それは学校《がっこう》で習《なら》って知《し》ってるけど、月《つき》に魔力《まりょく》があるなんて。

「そんなこと、あるのかなぁ？」

つぶやいた疑問《ぎもん》に、お父《とう》さんが答《こた》えた。

「あるぞ」

わたしは目《め》をぱちくりして、黒猫《くろねこ》は耳《みみ》をぴくりと動《うご》かす。

「あるの？」

「ああ。お父《とう》さんたちは、満月《まんげつ》の夜《よる》はいつも以上《いじょう》に気《き》を引《ひ》きしめて、仕事《しごと》するよう心《こころ》がけている。実際《じっさい》、満月《まんげつ》の夜《よる》は交通事故《こうつうじこ》や犯罪《はんざい》が増《ふ》えるというデータもあるんだ」

警察官《けいさつかん》のお父《とう》さんは、日々《ひび》、事件《じけん》や事故《じこ》に接《せっ》している。

そのお父《とう》さんが言《い》うのだから真実味《しんじつみ》がある。

「しかもだ、今回《こんかい》の十五夜《じゅうごや》には、大問題《だいもんだい》がある」

「え？　大問題《だいもんだい》って？」

お父《とう》さんはテーブルにつっぷして、悲《かな》しげに叫《さけ》んだ。

「明日《あした》、お父《とう》さんは夜勤《やきん》なんだ！　リンとお月見《つきみ》できないじゃないか〜！」

わたしは内心《ないしん》ガクッとなりながら、なだめるように言《い》った。

「お仕事《しごと》だからしょうがないよ。わたしは大丈夫《だいじょうぶ》だから」

「お父《とう》さんが、さみしいんだ！　リンと一緒《いっしょ》にお月見《つきみ》したいんだよ〜！」

駄々《だだ》をこねる子供《こども》みたい。

「じゃあ、お父《とう》さんとのお月見《つきみ》は、別《べつ》の日《ひ》にやろうよ」

「ん？　お父《とう》さんとの？　他《ほか》に誰《だれ》かとお月見《つきみ》するのか？　まさか男《おとこ》じゃないだろうな!?」

ぎくっっ。

「まさか～。町《まち》のみんながお月見《つきみ》を楽《たの》しめるように、お父《とう》さん、お仕事《しごと》がんばって！」

顔《かお》は笑《わら》って、心《こころ》の中《なか》で冷《ひ》や汗《あせ》を流《なが》しながら、なんとかごまかした。

2

「満月《まんげつ》、っていえば狼男《おおかみおとこ》ね」

蘭《らん》ちゃんが大真面目《おおまじめ》な顔《かお》で言《い》った。

「狼男《おおかみおとこ》？」

「ホラー映画《えいが》や伝奇小説《でんきしょうせつ》で出《で》てくるじゃない。満月《まんげつ》の夜《よる》に、男《おとこ》の人《ひと》が狼《おおかみ》に変身《へんしん》して襲《おそ》いかかってくるモンスターよ」

蘭《らん》ちゃんは病院《びょういん》に入院《にゅういん》していたときに、映画《えいが》や本《ほん》をたくさん観《み》たり読《よ》んだりしたそうで、いろいろな物語《ものがたり》にくわしい。

狼男《おおかみおとこ》の伝説《でんせつ》……聞《き》いたことはあるけど、細《こま》かいところまではよく知《し》らないなぁ。

「狼男《おおかみおとこ》って、どんなモンスターなの？」

「ものすごい怪力《かいりき》で、鉄《てつ》の棒《ぼう》も軽々《かるがる》と曲《ま》げちゃうの。性格《せいかく》は凶暴《きょうぼう》で、若《わか》くてかわいい女《おんな》の子《こ》を好《この》んで食《た》べる。唯一《ゆいいつ》の弱点《じゃくてん》は、銀《ぎん》の弾丸《だんがん》。これがないと狼男《おおかみおとこ》は倒《たお》せないのよ」

そういえば、と蘭《らん》ちゃんは御影君《みかげくん》たち3人《にん》を見《み》て、

「人《ひと》から狼《おおかみ》になるのって、悪魔《あくま》から猫《ねこ》にもなるあなたたちと、ちょっと似《に》てるわね」

すると、御影君《みかげくん》がすごく嫌《いや》そうに顔《かお》をしかめた。

「ぜんぜん似《に》てねーよ！」

虎鉄君《こてつくん》も、同《おな》じように嫌《いや》そうな顔《かお》で、

「あんな奴《やつ》らと一緒《いっしょ》にすんなよ」

わたしは目《め》をぱちくりさせて、問《と》いかけた。

「御影君《みかげくん》も虎鉄君《こてつくん》も、狼男《おおかみおとこ》に会《あ》ったことあるの？」

「まーな」

「あいつら、うじゃうじゃいるからさ。会《あ》いたくなくても会《あ》っちまうんだ」

補足《ほそく》するように、零士君《れいじくん》が教《おし》えてくれた。

「狼男《おおかみおとこ》とそれに類《るい》する魔族《まぞく》は、少《すく》なからずいる。この世界《せかい》にではなく、魔界《まかい》にだが」

へえ、そうなんだ！

よく考《かんが》えてみれば、魔女《まじょ》や悪魔《あくま》がいるのだから、狼男《おおかみおとこ》がいてもおかしくはない。

蘭《らん》ちゃんが興味津々《きょうみしんしん》に、御影君《みかげくん》たちに問《と》いかけた。

「実際《じっさい》の狼男《おおかみおとこ》って、どんな感《かん》じ？」

「イラつく、ムカつく、うざったい」

御影君《みかげくん》が吐《は》き捨《す》てるように言《い》う。

「一度関《いちどかか》わると、すっげーしつこくからんできやがるからな。あいつらを見《み》たら、さっさと退散《たいさん》するに限《かぎ》るぜ」

虎鉄君《こてつくん》がこんなふうに消極的《しょうきょくてき》なんてめずらしい。

「種族《しゅぞく》で良《よ》し悪《あ》しを決《き》めつけるのは愚《おろ》かだとは思《おも》うが、僕《ぼく》も狼男《おおかみおとこ》および狼系《おおかみけい》の魔物《まもの》とは、まったくわかり合《あ》える気《き》がしない」

零士君《れいじくん》まで！

3人《にん》とも、狼男《おおかみおとこ》にはあまりいい印象《いんしょう》がないみたい。

はは一ん、と蘭《らん》ちゃんがにやりと笑《わら》う。

「狼《おおかみ》は犬科《いぬか》の生《い》き物《もの》だもんね。もしかして、あなたたち、狼《おおかみ》が怖《こわ》いんじゃないの？」

一瞬《いっしゅん》、3人《にん》の肩《かた》がぴくりと動《うご》く。

「だって、猫《ねこ》は犬《いぬ》が苦手《にがて》でしょ？」

御影君《みかげくん》も虎鉄君《こてつくん》も、ムッとして言《い》い返《かえ》す。

「はぁ？　んなわけねーだろ！」

「くだらねーこと、言《い》ってんじゃねーよ」

ちょっと興味《きょうみ》が出《で》てきた。

御影君《みかげくん》たちがそろって嫌《いや》がるなんて、いったいどんなモンスターなんだろう？

「狼男《おおかみおとこ》が生息《せいそく》しているのは、魔界《まかい》のみ。彼《かれ》らに異世界《いせかい》へ移動《いどう》できる能力《のうりょく》はないから、人間《にんげん》の世界《せかい》には現《あらわ》れることはない」

零士君《れいじくん》の説明《せつめい》に、蘭《らん》ちゃんが目《め》をしばたたき、

「え？　じゃあ、狼男《おおかみおとこ》はこの世界《せかい》にはいないの？」

「昔《むかし》、一度《いちど》だけ、狼男《おおかみおとこ》がこちらの世界《せかい》にまぎれこむ事件《じけん》があったと聞《き》いている。しかし、いまはありえない。狼男《おおかみおとこ》がこちらの世界《せかい》に現《あらわ》れることはない」

そっか、いないなら、会《あ》うことはないね。

セレナさんは狼《おおかみ》に気《き》をつけてって言《い》ってたけど……あれは、たとえ話《ばなし》だったのかな。

そのとき、外《そと》から叫《さけ》び声《ごえ》が聞《き》こえた。

「待《ま》ってくださ～～い！」

窓《まど》から外《そと》を見《み》ると、担任《たんにん》の地岡先生《ちおかせんせい》が犬《いぬ》の散歩用《さんぽよう》のリードを持《も》ち、黒《くろ》っぽい動物《どうぶつ》に引《ひ》き

ずられるように走《はし》っているのが見《み》えた。

動物《どうぶつ》はすごい勢《いきお》いで走《はし》っているから、先生《せんせい》はつまずいて、

「うわっ、わ、わ……わあ〜！」

ずざーっと前《まえ》のめりに転《ころ》んだ。

御影君《みかげくん》たちがそれを見下《みお》ろしながら、他人事《ひとごと》のようにコメントする。

「思《おも》いっきり転《ころ》んだな」

「モロ、顔《かお》からいったぜ」

「受《う》け身《み》もとれないとは、運動神経《うんどうしんけい》が鈍《にぶ》いにもほどがある」

わたしは急《いそ》いで階段《かいだん》を降《お》りて、先生《せんせい》に駆《か》け寄《よ》った。

「先生《せんせい》！　先生《せんせい》、大丈夫《だいじょうぶ》ですか⁉」

先生《せんせい》はすり傷《きず》だらけの顔《かお》をあげて、にっこり笑《わら》った。

「こんにちは、天ヶ瀬《あまがせ》さん。あははは……いや〜、かっこ悪《わる》いところ、見《み》られちゃいましたねぇ」

「おケガはありませんか？」

「はーい、このとおり、ピンピンしてますよっ」

と、先生《せんせい》は立《た》ち上《あ》がり、元気《げんき》に体《からだ》を動《うご》かしてみせる。

そばで先生《せんせい》を引《ひ》っぱっていた動物《どうぶつ》が、鼻《はな》にしわを寄《よ》せて、う〰〰〰とうなっている。

「この子《こ》、犬《いぬ》……ですか？」

「はぁい、犬《いぬ》です」

形《かたち》や大《おお》きさからいえば子犬《こいぬ》に見《み》える。

でもどこか、ふつうの犬《いぬ》とはちょっと違《ちが》う気《き》がする。

（なんだろう？　どこが違《ちが》うのかな？）

考《かんが》えていると、追《お》いかけてきた御影君《みかげくん》たち３人《にん》が子犬《こいぬ》を見《み》て、顔《かお》をゆがめながら声《こえ》をそろえて言《い》った。

「「「犬《いぬ》……」」」

すごく嫌《いや》そうに。

あれ？　好《す》きじゃないのは狼男《おおかみおとこ》だけじゃなく、犬《いぬ》もなのかな？

蘭《らん》ちゃんの『御影君《みかげくん》たちは狼《おおかみ》（犬《いぬ》）が苦手《にがて》』説《せつ》が、ちょっぴり真実味《しんじつみ》をおびてきた。

「この犬《いぬ》、どうしたんですか？　先生《せんせい》の飼《か》い犬《いぬ》ですか？」

「いえいえ、昨日《きのう》、校内《こうない》でうろうろしていたのを、僕《ぼく》が発見《はっけん》しましてね。最初《さいしょ》は捨《す》て犬《いぬ》かな～？　と思《おも》ったんですけど、ほら、首輪《くびわ》をしてて」

子犬《こいぬ》の首《くび》には、銀色《ぎんいろ》の輪《わ》っかのような首輪《くびわ》があった。

「たぶん、迷子《まいご》ではないかと。いま飼《か》い主《ぬし》を探《さが》してて、見《み》つかるまで、わたしが預《あず》かることになったんですよ。で、いまお散歩中《さんぽちゅう》で……いててて！」

先生《せんせい》の足《あし》が犬《いぬ》にがぶがぶ噛《か》まれている。

「先生《せんせい》、足《あし》、噛《か》まれてますよ!?」

「あはは、このワンコちゃん、すっごくやんちゃなんですよ。でも、これがスキンシップで……いだだだ！」

子犬《こいぬ》にがぶがぶ噛《か》まれながら、先生《せんせい》はニコニコ笑《わら》っている。

ちょっと痛《いた》そうなスキンシップだけど、うれしいみたい。

「名前《なまえ》、つけたんですよ。五右衛門《ごえもん》って！　かわいいでしょう？」

名前《なまえ》が気《き》に入《い》らないのか、子犬《こいぬ》はうなりながら、激《はげ》しく先生《せんせい》を噛《か》む。

「お世話《せわ》、大変《たいへん》そうですね……」

「いいえ、ぜんぜん！　だって僕《ぼく》、生《い》き物《もの》がだ～い好《す》きなんです。理科《りか》の教師《きょうし》やってますけど、専門《せんもん》は生物《せいぶつ》で。こうやって生《い》き物《もの》とふれ合《あ》って、お世話《せわ》できるのが楽《たの》しくて楽《たの》しくて。あだだだ！」

本人《ほんにん》がいいなら、とは思《おも》うけど……本当《ほんとう》に大丈夫《だいじょうぶ》かな？

「でもこの子《こ》、ちょっと変《か》わってるんですよ。黒《くろ》いような、青《あお》いような変《か》わった色《いろ》をしていますし、毛《け》の1本《ぽん》1本《ぽん》が針《はり》みたいで、犬《いぬ》というより、ハリネズミみたいなんですよねえ」

「あ、ホントだ」

全身《ぜんしん》の毛《け》は長《なが》く、頭《あたま》にはたてがみみたいな毛《け》があって、前髪《まえがみ》もある。細《ほそ》い目《め》はつりあがっていて、子犬《こいぬ》なのに鋭《するど》い。

こんな犬《いぬ》、見《み》たことないなぁ。先生《せんせい》の言《い》うとおり、ちょっと変《か》わった犬《いぬ》だ。

「どんな手《て》ざわりなのか、さわって調《しら》べたいんですが……」

先生《せんせい》が手《て》でさわろうとすると、犬《いぬ》は牙《きば》をむいて、がうがう！　と吠《ほ》えた。

手《て》を引《ひ》っこめて、先生《せんせい》は残念《ざんねん》そうに息《いき》をついた。

「このとおり、なかなかさわらせてもらえなくて……」

人《ひと》を警戒《けいかい》してるのかな？

そのとき、子犬《こいぬ》の目《め》がわたしを見《み》た。

暗《くら》い夜空《よぞら》みたいな目《め》。

じっと見《み》つめ返《かえ》していると、子犬《こいぬ》がうなるのをやめた。

そしてとことこと近《ちか》づいてきて、わたしの足元《あしもと》にぴたっと体《からだ》をくっつけてきた。

「あれぇ？　なんか、天ヶ瀬《あまがせ》さんになついてませんか？　ほら、しっぽふってますよ。犬《いぬ》がしっぽをふるのは、喜《よろこ》んでいるときですから」

子犬《こいぬ》は舌《した》を出《だ》してハアハアしながら、長《なが》い尻尾《しっぽ》をぶんぶんふっている。

「会《あ》ったばかりなのに、こんなになつくなんて。きっと五右衛門《ごえもん》は、天ヶ瀬《あまがせ》さんのことが大好《だいす》きになっちゃったんですよ。一目惚《ひとめぼ》れってやつですね！」

「そんな、一目惚《ひとめぼ》れなんておおげさですよ」

でも、こんなふうに動物《どうぶつ》に好《す》かれるのって、ちょっとうれしい。

かわいく思《おも》えてきて、わたしは子犬《こいぬ》の背中《せなか》の毛《け》にそっとふれてみた。

先生《せんせい》が身《み》をのりだし、興味津々《きょうみしんしん》に聞《き》いてくる。

「どうです？　手《て》ざわりは？」

「毛《け》の表面《ひょうめん》は硬《かた》めですけど、弾力性《だんりょくせい》があって、意外《いがい》とやわらかいです〜」

マッサージするように首《くび》まわりをかいてあげると、子犬《こいぬ》はうっとりと目《め》を細《ほそ》める。

「こんにちはワンちゃん、天ヶ瀬《あまがせ》リンです」

にっこり笑《わら》いかけると、子犬《こいぬ》がわたしの胸《むね》にとびついてきて、顔《かお》をペロペロなめてきた。

「きゃ～、くすぐった～い」

子犬《こいぬ》がハアハア息《いき》を荒《あら》げながら、わたしの口元《くちもと》をなめようとしたとき。

御影君《みかげくん》が子犬《こいぬ》の首根《くびね》っこをつかんで、わたしから引《ひ》きはがした。

そして、すごい怖《こわ》い顔《かお》ですごんで、

「てめえ……リンをペロペロしやがったな？」

牙《きば》をむいて、フ――ッ！　と威嚇《いかく》。

対《たい》する子犬《こいぬ》も牙《きば》をむいて、ウゥ～～～～！　とうなる。

わたしはあわてて立《た》ち上《あ》がって、

「み、御影君《みかげくん》、子犬《こいぬ》がしたことなんだし、許《ゆる》してあげて。ね？」

ただ、じゃれてきただけ、そんな怒《おこ》るようなことじゃないよ。

でも御影君《みかげくん》は眉間《みけん》にしわを寄《よ》せながら答《こた》えた。

「嫌《いや》だ」

「え？」

ぐは

「子犬《こいぬ》だろうと何《なん》だろうと、リンとイチャイチャするのは許《ゆる》せない」
イ、イチャイチャって……。
同感《どうかん》だ、と虎鉄君《こてつくん》がずいっと前《まえ》に出《で》てきて、こめかみに青筋《あおすじ》を浮《う》かべながら子犬《こいぬ》にすごむ。

「犬《いぬ》のくせに、リンになれなれしくしてんじゃねーよ」

虎鉄君《こてつくん》も御影君《みかげくん》と同《おな》じく、けっこう本気《ほんき》で怒《おこ》ってるみたいだ。

わたしは助《たす》けを求《もと》めるように零士君《れいじくん》を見《み》ると、零士君《れいじくん》も真剣《しんけん》な表情《ひょうじょう》で、

「子犬《こいぬ》だからこそ、しつけが大切《たいせつ》だ。僕《ぼく》の婚約者《こんやくしゃ》をなめるとは……なめていい相手《あいて》と、ダメな相手《あいて》がいることを教《おし》えこまなければならない」

3人《にん》とも目《め》が本気《ほんき》だ。

小《ちい》さな子犬《こいぬ》をにらみつけて、いまにも魔法《まほう》で攻撃《こうげき》しそうだ。

「みんな、落《お》ちついて！　このワンちゃんはちょっとじゃれてるだけっていうか……甘《あま》えてるだけなんだから！」

御影君《みかげくん》がわたしをじっと見《み》つめながら、ぼそりと言《い》った。

「……子犬《こいぬ》がオッケーなら、俺《おれ》もしたいんだけど」

「え？」

御影君《みかげくん》はわたしをぐいっと抱《だ》き寄《よ》せて、頬《ほお》に頬《ほお》をくっつけてきた。

「俺《おれ》だって、リンに甘《あま》えたい」

ひゃー！

さらに虎鉄君《こてつくん》が顔《かお》を寄《よ》せてきて、髪《かみ》にキス。

「俺《おれ》も、りんとイチャつきてー」

零士君《れいじくん》はわたしの手《て》をとって、手《て》の甲《こう》にキスしてきた。

「……同《おな》じく」

頭《あたま》に血《ち》がのぼってくらっとした。

犬《いぬ》にされてもぜんぜん平気《へいき》だけど、御影君《みかげくん》たちにこんなことされるのは、刺激《しげき》が強《つよ》すぎるよ。

「はっはっは、天ケ瀬《あまがせ》さん、モテモテですねぇ」

先生《せんせい》がにこにこ笑《わら》いながら言《い》った。

ハッ!?

そうだ、先生《せんせい》がいたんだった。

生徒《せいと》が何《なに》をしていても、いつもニコニコしていて、あまり注意《ちゅうい》をしたり怒《おこ》ったりしないので、ときどきその存在《そんざい》をすっかり忘《わす》れてしまう。

「仲《なか》が良《よ》くて、けっこうですね。では、僕《ぼく》はこれで失礼《しつれい》します。五右衛門《ごえもん》、行《い》くよ」

先生《せんせい》はリードを引《ひ》っぱりながら歩《ある》いていく。

黒《くろ》い子犬《こいぬ》はちょっと反抗《はんこう》していたけど、やがて先生《せんせい》と一緒《いっしょ》に去《さ》っていった。

時計塔《とけいとう》に隠《かく》れていた蘭《らん》ちゃんがひょこっと出《で》てきた。

「なんだか、のんきな先生《せんせい》ねぇ」

「いい先生《せんせい》だよ」

ふうん、と言《い》って、蘭《らん》ちゃんは思《おも》い出《だ》したように言《い》った。

「あ、そういえば、お月見《つきみ》だけど。夜《よる》に学園《がくえん》に入《はい》るのは、校則《こうそく》で禁止《きんし》されてるわよ」

「え？　そうなの？」

「校門《こうもん》は閉《し》まっちゃうし、校内《こうない》の明《あ》かりも消《き》えて真《ま》っ暗《くら》になるわよ」

「そうなんだ……でも時計塔《とけいとう》の上《うえ》からなら、月《つき》がきれいに見《み》えると思《おも》うんだ。蘭《らん》ちゃんとも一緒《いっしょ》に、お月見《つきみ》したいし」

蘭《らん》ちゃんはちょっと照《て》れたみたいに笑《わら》いながら、

「そりゃあ、わたしだって、リンとお月見《つきみ》したいけど」

虎鉄君《こてつくん》がニッと笑《わら》いながら言《い》った。

「ヘーキヘーキ、校門《こうもん》が閉《し》まってたって、飛《と》びこえちまえばいいんだから。要《よう》は、見《み》つからなきゃいいんだろ？」

御影君《みかげくん》は頼《たの》もしげに、

「暗《くら》くたって問題《もんだい》ないさ。俺《おれ》らは夜目《よめ》がきくし」

零士君《れいじくん》はうなずいて、

「むしろ暗《くら》い方《ほう》が、月《つき》がよく見《み》えていいだろう。それに、お月見《つきみ》という行事《ぎょうじ》がどのようなものか、ぜひ体験《たいけん》してみたい」

たとえ何《なに》かあったとしても、3人《にん》が一緒《いっしょ》なら安心《あんしん》だ。

「じゃあ明日《あした》の夜《よる》、星占《ほしうらな》い部《ぶ》のメンバー、みんなでお月見《つきみ》しよ」

明日《あした》が楽《たの》しみで、わくわくしてきた。

3

次《つぎ》の日《ひ》の夕暮《ゆうぐ》れ。

夜勤《やきん》のお父《とう》さんを見送《みおく》った後《あと》、わたしは庭《にわ》から空《そら》を見上《みあ》げた。

「うーん、月《つき》、見《み》えないねぇ」

残念《ざんねん》ながら、月《つき》は雲《くも》に隠《かく》れてしまっている。

今夜《こんや》の天気予報《てんきよほう》はくもりで、月《つき》が見《み》られる確率《かくりつ》は五分五分《ごぶごぶ》らしい。

御影君《みかげくん》がわたしの肩《かた》を抱《だ》き寄《よ》せて、

「月《つき》が見《み》えなくても、俺《おれ》はリンがいればいい」

ドキッ！

いつもの御影君《みかげくん》のいきなり告白《こくはく》に、わたしの心臓《しんぞう》が跳《は》ねあがる。

そのとき、びゅおおおっ！　と突風《とっぷう》が吹《ふ》きつけて、御影君《みかげくん》が吹《ふ》き飛《と》ばされた。

「うおっ⁉」

風《かぜ》が吹《ふ》いてくる方向《ほうこう》から、茶色《ちゃいろ》の毛並《けな》みに虎模様《とらもよう》の猫《ねこ》が現《あらわ》れた。

虎猫《とらねこ》は歩《ある》きながら、人《ひと》の姿《すがた》になる。

虎鉄君《こてつくん》はニッと笑《わら》った。

「よう！　リン、おまたせ」

御影君《みかげくん》がすごい勢《いきお》いで戻《もど》ってきて、虎鉄君《こてつくん》につめ寄《よ》った。

「なにが『よう』だ！　いきなり何《なに》すんだ!?」

「リンについてた悪《わる》い虫《むし》を、追《お》っぱらっただけだ」

「なんだと～？」

「なんだよ？」

御影君《みかげくん》と虎鉄君《こてつくん》がにらみ合《あ》う。

わたしはあわててふたりの間《あいだ》に入《はい》って、話《はなし》をそらした。

「虎鉄君《こてつくん》、わざわざ来《き》てくれてありがとうね」

「なんのなんの。リンの頼《たの》みなら、どこへでも行《い》くし」

学校《がっこう》までは徒歩《とほ》と電車《でんしゃ》で、往復《おうふく》するとけっこうかかるけど、箒《ほうき》で飛《と》べばすぐだ。

空《そら》を飛《と》ぶ魔法《まほう》は、風《かぜ》をあやつる虎鉄君《こてつくん》としか使《つか》えない。

だから、うちに来《き》てくれるように虎鉄君《こてつくん》にお願《ねが》いした。

「んじゃ、さっそく行《い》くか」

「うん」

わたしは用意《ようい》していた箒《ほうき》をもって、虎鉄君《こてつくん》と手《て》をつないだ。

「箒《ほうき》よ、学園《がくえん》へ向《む》かって、飛《と》んで！」

箒《ほうき》がふわりと浮《う》かび、飛《と》び立《た》った。


お月見《つきみ》にはあいにくのくもり空《ぞら》だけど、空飛《そらと》ぶ魔女《まじょ》にとっては、絶好《ぜっこう》の飛行日和《ひこうびより》。

姿《すがた》を隠《かく》してくれる雲《くも》はありがたい。

空《そら》に浮《う》かぶ雲《くも》の上《うえ》を、わたしは箒《ほうき》に乗《の》って飛《と》んだ。

ひつじみたいな雲《くも》が、夜空《よぞら》に点々《てんてん》と浮《う》かんでいて、風《かぜ》に吹《ふ》かれてゆるやかに移動《いどう》している。

雲《くも》の隙間《すきま》から、月《つき》が見《み》えたり、隠《かく》れたり。

「雲《くも》の切《き》れ目《め》からでも、月《つき》が見《み》えるといいんだけど」

つぶやくと、箒《ほうき》のうしろに腰《こし》かけている虎鉄君《こてつくん》が笑《わら》った。

「雲《くも》くらい、俺《おれ》が吹《ふ》き飛《と》ばしてやるって」

「あ、そっか」

風《かぜ》をおこせる虎鉄君《こてつくん》なら簡単《かんたん》だね。

「お月見《つきみ》、できるね。虎鉄君《こてつくん》がいてくれてよかったぁ」

笑《わら》いかけると、突然《とつぜん》、虎鉄君《こてつくん》が背中《せなか》からふわりと抱《だ》きしめてきた。

ドキッ！　またまた心臓《しんぞう》が跳《は》ねる。

虎鉄君《こてつくん》が耳元《みみもと》でささやいた。

「リンにそんなふうに言《い》われると、すっげーうれしい……いでっ！」

箒《ほうき》の先《さき》に乗《の》っていた黒猫《くろねこ》がわたしの肩《かた》に乗《の》り、鋭《するど》い爪《つめ》でバリッと虎鉄君《こてつくん》の頬《ほお》をひっかいた。

「ってーな、黒猫《くろねこ》！」

黒猫《くろねこ》はフーッと鼻筋《はなすじ》にしわを寄《よ》せながら怒《おこ》る。

「リンにさわるニャ！」

「おまえにそんなこと言《い》われる筋合《すじあ》いはねぇ」

「離《はな》れろニャ〜！」

わたしをはさんで言《い》い争《あらそ》いがはじまった。

「リンを飛《と》ばしてるのは、おまえじゃねえよな？　おまえ、箒《ほうき》を飛《と》ばせられんのか？　あぁ？」

「ニャ……！」

「乗《の》せてやってんだから、引《ひ》っこんでろ」

まっすぐ飛《と》んでいた箒《ほうき》がぐらっとかたむいて、飛行《ひこう》が乱《みだ》れた。

「ふ、ふたりともおちついて。ね？」

箒《ほうき》はわたしと虎鉄君《こてつくん》の魔力《まりょく》で飛《と》び、わたしの意志《いし》で進《すす》む方向《ほうこう》が決《き》まる。

気持《きも》ちがゆれると、箒《ほうき》もゆれてしまう。

箒《ほうき》を握《にぎ》りしめて立《た》て直《なお》そうとしたけど、ふたりの喧嘩《けんか》が気《き》になって、集中《しゅうちゅう》できない。

箒《ほうき》がふらふらする中《なか》、黒猫《くろねこ》が虎鉄君《こてつくん》の顔《かお》に猫《ねこ》パンチした。

「って！　おまえなぁ……！」

「手《て》がすべったニャ～」

「ああ、そうかよ。そっちがその気《き》なら――」

虎鉄君《こてつくん》が黒猫《くろねこ》の首根《くびね》っこをつかみ、空中《くうちゅう》に放《ほう》り投《な》げた。

「あばよ！」

「ニャ～～～～！」

黒猫《くろねこ》が地上《ちじょう》へ落下《らっか》していった。

「ええっ!?　虎鉄君《こてつくん》!?」

虎鉄君《こてつくん》は小気味《こきみ》よさそうに笑《わら》いながら、

「だいじょーぶ、だいじょーぶ。悪魔《あくま》はこの高《たか》さから落《お》ちたくらいじゃ、死《し》なねーから。ほっときゃいーって」

「ほっとけないよ！」

わたしは箒《ほうき》を地上《ちじょう》へ向《む》けて飛《と》ばした。

黒猫《くろねこ》が落《お》ちていったあたりへ行《い》くと、木々《きぎ》が茂《しげ》っている大《おお》きな公園《こうえん》が見《み》えた。

わたしは箒《ほうき》から降《お》りて、声《こえ》をはりあげた。

「御影《みかげ》く〜ん！」

ニャ〜と返事《へんじ》が聞《き》こえて、木《き》の上《うえ》から黒猫《くろねこ》がしゅたっと降《お》りてきた。

木《き》がクッションになったのかな。体中《からだじゅう》、葉《は》っぱだらけだけど、トコトコ歩《ある》いてくる足《あし》どりはしっかりしていて、ケガはしていないみたい。

「無事《ぶじ》でよかった」

ほっと胸《むね》をなでおろしていると、黒猫《くろねこ》が御影君《みかげくん》の姿《すがた》になって、虎鉄君《こてつくん》の胸《むな》ぐらをつかんだ。

「虎鉄《こてつ》、てんめぇ……何《なに》しやがるんだ！」

「あんだよ？　先《さき》に手《て》を出《だ》したのはそっちだろ」

「燃《も》やす！」

「おう、やってみろよ」

赤《あか》い瞳《ひとみ》と金《きん》の瞳《ひとみ》が鋭《するど》く光《ひか》り、にらみ合《あ》っている。

炎《ほのお》と風《かぜ》がふたりから発生《はっせい》し、いまにもバトルがはじまりそう。

「ふたりとも、落《お》ち着《つ》いて！　ね？　ね？」

「行《い》こうぜ、リン。こんな奴《やつ》、ほっといて」

「待《ま》てよ！　なんでリンをおまえが連《つ》れてくんだよ！」

「おまえ、飛《と》べねーだろ。あとからひとりで来《こ》い」

「んだと～？」

わたしはあわててふたりの間《あいだ》に入《はい》って、

「えっと、みんなで歩《ある》いて行《い》こ！　ね、そうしよ！」

幸《さいわ》い、学校《がっこう》まではあと少《すこ》し。

グルルル……とうなるふたりをなんとかなだめて、学校《がっこう》へ歩《ある》いて向《む》かった。

4

夜《よる》の学園《がくえん》は、音《おと》もなく、しんとしていた。

いつも大勢《おおぜい》の生徒《せいと》がいて、すごくにぎやかな分《ぶん》、静《しず》けさが深《ふか》い。

校門《こうもん》は閉《し》められ、すべての校舎《こうしゃ》の明《あ》かりは消《き》えていて、ただよう闇《やみ》が濃《こ》い。

そんな中《なか》を進《すす》み、時計塔《とけいとう》につくと、上《うえ》から声《こえ》がかけられた。

「リーン！　こっちこっち！」

時計塔《とけいとう》の窓《まど》から、蘭《らん》ちゃんが手《て》をふっているのが見《み》えた。

いつもは人形《にんぎょう》にとり憑《つ》いているけど、今日《きょう》は幽霊《ゆうれい》の姿《すがた》。

体《からだ》が青白《あおじろ》く透《す》きとおっている。

最初《さいしょ》はその姿《すがた》が怖《こわ》かったけど、いまはなんてきれいなんだろうって思《おも》う。

「遅《おそ》かったじゃない。箒《ほうき》で飛《と》んでくるんじゃなかったの？」

「そのつもりだったんだけど……」

ちらっと、うしろを見《み》ると。

御影君《みかげくん》と虎鉄君《こてつくん》が不機嫌《ふきげん》な顔《かお》をして、お互《たが》い目《め》を合《あ》わせようとしない。

そんな様子《ようす》から、蘭《らん》ちゃんは事情《じじょう》を察《さっ》した。

「黒《くろ》ニャンコと虎《とら》ニャンコが、喧嘩《けんか》したのね」

ここまで来《く》るのにも一苦労《ひとくろう》だった。

どっちの道《みち》を進《すす》むかとか、閉《し》められた校門《こうもん》を越《こ》えるのに、どちらがわたしを抱《かか》えるか、とか。

いろんな小《ちい》さなことで喧嘩《けんか》になりながら、ようやく時計塔《とけいとう》へたどりついたのだった。

時計塔《とけいとう》の中《なか》から現《あらわ》れた零士君《れいじくん》が、冷《ひ》ややかにふたりに言《い》う。

「おまえたちが争《あらそ》うのは勝手《かって》だが、リンに迷惑《めいわく》をかけるな」

御影君《みかげくん》がカッとなって、

「だってよ、虎鉄《こてつ》がムカつくことばっかするから！」

「そりゃこっちのセリフだ！　おまえが邪魔《じゃま》するから、リンが飛《と》べなかったじゃねーか！」

ふたりは怒鳴《どな》り合《あ》って、ぐるるる〜！　とにらみ合《あ》う。

ああ、また……口《くち》を開《ひら》けば喧嘩《けんか》になってしまう。

わたしはふたりの間《あいだ》に入《はい》って、笑顔《えがお》でうながした。

「みんなでお月見《つきみ》の準備《じゅんび》しよ。ね？」

時計塔《とけいとう》の一番上《いちばんうえ》、大《おお》きな鐘《かね》がある場所《ばしょ》に、少《すこ》し広《ひろ》めのテラスのようなスペースがある。

そこにレジャーシートが敷《し》かれていて、花瓶《かびん》にさしたススキと、お皿《さら》やコップが並《なら》んでいる。

零士君《れいじくん》と蘭《らん》ちゃんが、お月見《つきみ》の用意《ようい》をしてくれていた。

「月見《つきみ》に関《かん》する書物《しょもつ》を参考《さんこう》に準備《じゅんび》してみた」

「これでどう？」

「すごいよ！　ありがとう」

わたしは家《いえ》からもってきたお弁当箱《べんとうばこ》を置《お》いた。

中身《なかみ》は月見団子《つきみだんご》。たくさん手作《てづく》りしてきた。

「御影君《みかげくん》、虎鉄君《こてつくん》、座《すわ》って。一緒《いっしょ》に食《た》べよ」

ああ、と返事《へんじ》をしながら、ふたりはシートの端《はし》と端《はし》に距離《きょり》をおいて座《すわ》り、ムスッとした顔《かお》でそっぽを向《む》いた。

う〜ん……。

楽《たの》しいはずのお月見《つきみ》が、微妙《びみょう》な空気《くうき》になっちゃった。

わたしはいったんテラスを離《はな》れ、星占《ほしうらな》い部《ぶ》の部室《ぶしつ》でお湯《ゆ》を沸《わ》かした。

甘《あま》い月見団子《つきみだんご》には緑茶《りょくちゃ》が合《あ》う。

お茶《ちゃ》の準備《じゅんび》をしながら、蘭《らん》ちゃんに小声《こごえ》で相談《そうだん》をもちかけた。

「蘭《らん》ちゃん、御影君《みかげくん》と虎鉄君《こてつくん》を仲直《なかなお》りさせる方法《ほうほう》、何《なに》かないかなぁ？」

幽霊《ゆうれい》の蘭《らん》ちゃんは空中《くうちゅう》をふわふわ浮《う》かびながら考《かんが》えて、

「ん〰〰、ひとつあるわよ」

スケッチブックを開《ひら》き、ある衣装《いしょう》のデザイン画《が》を見《み》せてくれた。

「リンがこの服《ふく》を着《き》れば、あのふたりを仲直《なかなお》りさせられるわよ」

え？　服《ふく》で仲直《なかなお》り？

しくみはよくわからないけど、蘭《らん》ちゃんがそう言《い》うなら、きっとうまくいくはずだ。

「わかった」

わたしはテラスに戻《もど》り、みんなにお茶《ちゃ》を配《くば》ったあと、蘭《らん》ちゃんに言《い》われたとおり、零士《れいじ》君《くん》にお願《ねが》いした。

「零士君《れいじくん》、このデザイン画《が》の服《ふく》を着《き》たいんだけど、いいかな？」

「むろん」

わたしは零士君《れいじくん》と手《て》を重《かさ》ねて、魔法《まほう》の呪文《じゅもん》を唱《とな》えた。

「ロゼッタローブ！」

それはスケッチブックに描《か》いた絵《え》を、現実《げんじつ》の物《もの》にする魔法《まほう》。

わたしの全身《ぜんしん》が真《ま》っ白《しろ》なふわふわに包《つつ》まれた。

ふんわりとした白《しろ》いワンピース、手《て》や足《あし》に真《ま》っ白《しろ》なファー、頭《あたま》にはうさぎの耳《みみ》の飾《かざ》りがついている。

月《つき》のうさぎがモチーフの、蘭《らん》ちゃんデザインのお月見《つきみ》の衣装《いしょう》だ。

「うさぎで〜す。ぴょんっ」

ちょっとうさぎっぽく、ポーズをとってみた。

3人《にん》が固《かた》まっている。

あれ？　ノーリアクション？

「えっと……変《へん》かな？」

御影君《みかげくん》と虎鉄君《こてつくん》が立《た》ち上《あ》がって叫《さけ》んだ。

「変《へん》じゃねーって！　めちゃくちゃかわいいーって！」

「幽霊《ゆうれい》！　おまえ、なんつーもんをリンに着《き》せてんだ!?」

「かわいーでしょ？」

「かわいすぎだ！」

「理性《りせい》がふっとんだらどーすんだ!?」

零士君《れいじくん》が顎《あご》に手《て》をあてて、深刻《しんこく》な顔《かお》でつぶやく。

「これは……危険《きけん》だ！　危険《きけん》すぎるかわいさだ！　いまだかつてない、とんでもないコーディネートだ！」

３人《にん》とも、顔《かお》をほんのり赤《あか》くしながら、蘭《らん》ちゃんに文句《もんく》を言《い》う。

御影君《みかげくん》が虎鉄君《こてつくん》をにらんで、

「おまえ、リンをジロジロ見《み》んなよ！」

「そっちこそ！　いやらしい目《め》で見《み》んなよ！」

また言《い》い合《あ》いになってしまった。

蘭《らん》ちゃんはやれやれと肩《かた》をすくめた。

「かわいいリンを見《み》ればなごむかな～と思《おも》ったけど、ごめん、逆効果《ぎゃくこうか》だったわ」

３人《にん》がわたしをちらちら見《み》てくる。

みんなの視線《しせん》が熱《あつ》い。

(うわぁ、恥《は》ずかしい……！)

そのとき、外《そと》から声《こえ》がした。

「待《ま》ってくださ～～～～～～い！」

地上《ちじょう》を見《み》ると、地岡先生《ちおかせんせい》がまたリードをつけた黒《くろ》い犬《いぬ》に引《ひ》っぱられていた。

「あ、先生《せんせい》だ」

「またあの犬《いぬ》に引《ひ》っぱられてるわね……」

そのとき、先生《せんせい》が上《うえ》を見《み》て、目《め》が合《あ》った。

「あれ？　天ヶ瀬《あまがせ》さん、まだ学園《がくえん》にいたんですか？　そこで何《なに》してるんです？」

あ、見《み》つかっちゃった。

わたしは時計塔《とけいとう》の階段《かいだん》を降《お》りていき、首《くび》をすくめながら頭《あたま》を下《さ》げた。

「先生《せんせい》、すみません……星占《ほしうらな》い部《ぶ》でお月見《つきみ》をしてて……夜間《やかん》に学園《がくえん》に入《はい》るのは、校則《こうそく》で禁《きん》止《し》されてるのに」

先生《せんせい》は口元《くちもと》に人《ひと》さし指《ゆび》をあてて、シーッとウインクする。

「大丈夫《だいじょうぶ》ですよ、天ヶ瀬《あまがせ》さんたちがいい子《こ》なのはわかってますから。たまにはハメを外《はず》して楽《たの》しむのも、青春《せいしゅん》ですよ」

「先生《せんせい》……」

「お月見《つきみ》、いいですね。満月《まんげつ》、見《み》えるといいですね」

本当《ほんとう》に優《やさ》しくていい先生《せんせい》だ。

じ〜んとしていると、そばにいた黒《くろ》い犬《いぬ》がハッハッと息《いき》を荒《あら》げながら、わたしにとびつこうとした。

すかさず御影君《みかげくん》と虎鉄君《こてつくん》がそれをはばんで、

「気安《きやす》くリンに寄《よ》るんじゃねえよ、犬《いぬ》コロ！」

「しっし！　あっちへ行《い》け！」

ウ〜〜〜！　フーッ！

ふたりと1匹《ぴき》がうなり合《あ》う。

「先生《せんせい》は犬《いぬ》のお散歩《さんぽ》ですか？」

「あ、はい。そうなんですけど、犬《いぬ》の散歩《さんぽ》の他《ほか》にも、もうひとつ目的《もくてき》が。実《じつ》は――」

先生《せんせい》はあたりをきょろきょろして、誰《だれ》もいないことを確認《かくにん》すると、メガネをキラリと光《ひか》らせながら言《い》った。

「実《じつ》は、狼男《おおかみおとこ》を探《さが》しているんです」

「狼男《おおかみおとこ》？」

「はい。『満月《まんげつ》の夜《よる》、狼男《おおかみおとこ》が出現《しゅつげん》する』という学園七不思議《がくえんななふしぎ》があるんです。それをたしかめたくて、おおいに興味《きょうみ》があるわけですよ、はい」

花火大会《はなびたいかい》のときもそうだったけど、先生《せんせい》は本気《ほんき》で学園七不思議《がくえんななふしぎ》を探求《たんきゅう》している。

「先生《せんせい》は研究熱心《けんきゅうねっしん》ですね」

「いえいえ、たんなる趣味《しゅみ》で……あ」

そのとき、ちょっと強《つよ》めの風《かぜ》が吹《ふ》いた。

夜空《よぞら》にたちこめていた雲《くも》が風《かぜ》に流《なが》され、隠《かく》れていた満月《まんげつ》が顔《かお》を出《だ》した。

「月《つき》が出《で》てきましたよ」

「わぁ……！」

いままで見《み》てきた満月《まんげつ》とは一味違《ひとあじちが》う。大《おお》きくて、明《あか》るくて、迫力《はくりょく》がある。

まさしくスーパームーン。

わお――――ん！

突然《とつぜん》、黒《くろ》い犬《いぬ》が吠《ほ》えた。

「ん？　五右衛門《ごえもん》、どうしたんだい？」

子犬《こいぬ》は、何度《なんど》も、何度《なんど》も、月《つき》に向《む》かって吠《ほ》える。

すると子犬《こいぬ》に変化《へんか》が現《あらわ》れた。子犬《こいぬ》の首《くび》にはまっていた銀色《ぎんいろ》の輪《わ》が淡《あわ》く光《ひか》りだし、フラフープみたいな大《おお》きな輪《わ》になって、その頭上《ずじょう》に浮《う》かぶ。

輪《わ》は月光《げっこう》を浴《あ》びて輝《かがや》きを増《ま》していき、その光《ひかり》で子犬《こいぬ》を照《て》らした。

子犬《こいぬ》は気持《きも》ちよさそうに月光《げっこう》をふんだんに浴《あ》びると、突然《とつぜん》、体《からだ》が閃光《せんこう》を放《はな》ち、爆発《ばくはつ》のような風圧《ふうあつ》が広《ひろ》がった。

「リン！」

とっさに零士君《れいじくん》がかばってくれたのでわたしは無事《ぶじ》だったけど、少《すこ》し離《はな》れたところで、先生《せんせい》が倒《たお》れていた。

「先生《せんせい》！　先生《せんせい》！」

呼《よ》びかけても反応《はんのう》しない。

零士君《れいじくん》が倒《たお》れている先生《せんせい》を診《み》て言《い》った。

「強《つよ》い光《ひかり》で目《め》がくらみ、気《き》を失《うしな》っているだけだ。心配《しんぱい》ない」

そっか、よかった。

ホッと胸《むね》をなでおろしていると、御影君《みかげくん》と虎鉄君《こてつくん》が驚《おどろ》きの声《こえ》をあげた。

「おい、あの犬《いぬ》……まさか！」

「嘘《うそ》だろ……！」

満月《まんげつ》の光《ひかり》を浴《あ》びて、子犬《こいぬ》の体《からだ》が変化《へんか》していく。

四《よ》つんばいだった犬《いぬ》が、人間《にんげん》のように2本足《ほんあし》で立《た》ち上《あ》がる。全身《ぜんしん》の毛《け》が体内《たいない》に沈《しず》むように消《き》えていき、現《あらわ》れた肌《はだ》は浅黒《あさぐろ》く、肩《かた》や腕《うで》には隆々《りゅうりゅう》とした筋肉《きんにく》が見《み》えた。つり上《あ》がった目《め》は銀色《ぎんいろ》、口《くち》には鋭《するど》い牙《きば》とギザギザの歯《は》が見《み》えた。

零士君《れいじくん》が驚《おどろ》きをあらわに叫《さけ》んだ。

「狼男《おおかみおとこ》！」

わおーーーーーん！

月《つき》に向《む》かって、狼男《おおかみおとこ》が吠《ほ》える。

この世界《せかい》にはいないはずのモンスターが、現《あらわ》れた。

5

一見《いっけん》すると、人間《にんげん》の男《おとこ》の人《ひと》みたい。

白《しろ》いシャツにG《ジー》パン姿《すがた》、御影君《みかげくん》たちよりも背《せ》が高《たか》くて、腕《うで》が太《ふと》くて、胸板《むないた》が厚《あつ》い。

首輪《くびわ》だった銀色《ぎんいろ》の輪《わ》が、両手首《りょうてくび》にブレスレットみたいにじゃらっとついている。

ライオンみたいな髪《かみ》から耳《みみ》がふたつ、ぴょこんと出《で》ているところや、ふさふさしたしっぽがついてるところが、ちょっとかわいい。

（あれが、狼男《おおかみおとこ》……）

蘭《らん》ちゃんが狼男《おおかみおとこ》を見《み》て言《い》った。

「あら、意外《いがい》と素敵《すてき》じゃない。けっこう好《この》みかも」

「えっ、そうなの？」

「最近《さいきん》、たくましくて男《おとこ》らしい人《ひと》がいいなぁと思《おも》って。実《じつ》はわたし、猫《ねこ》より犬派《いぬは》なの」

それは知《し》らなかった。

（へえ、蘭《らん》ちゃんの好《この》みって、こんな感《かん》じなんだぁ）

筋肉隆々《きんにくりゅうりゅう》な狼男《おおかみおとこ》をしげしげと見《み》ていると、狼男《おおかみおとこ》が銀色《ぎんいろ》の目《め》でわたしを見《み》て言《い》った。

「リン、待《ま》たせたな」

「え？」

いきなり意味不明《いみふめい》の言葉《ことば》をかけられて、首《くび》をかしげる。

待《ま》たせたなって……どういうこと？

狼男《おおかみおとこ》は不敵《ふてき》な笑《え》みを浮《う》かべながら、仰天《ぎょうてん》することを言《い》った。

「俺《おれ》は狼男《おおかみおとこ》のルーガだ。リン、俺《おれ》と結婚《けっこん》しよう！」

……え？

わたしはぽかんとした。

言葉《ことば》ははっきり聞《き》こえたけど、言《い》われた内容《ないよう》が聞《き》き間違《まちが》えとしか思《おも》えない。

「あの、いまなんて……？」

狼男《おおかみおとこ》は両腕《りょううで》を広《ひろ》げ、吠《ほ》えるような大《おお》きな声《こえ》で言《い》った。

「俺《おれ》と結婚《けっこん》しよう、リン！」

プロポーズされるのは、これで4回目《かいめ》だ。

これまでの3回《かい》のプロポーズも突然《とつぜん》でびっくりしたけど、今回《こんかい》も驚《おどろ》きすぎて、どう反応《はんのう》すればいいのかわからない。

「えっと……いきなり、どうして？」

「リンは、俺《おれ》のことが好《す》きなんだろ？」

「え？」

「俺《おれ》の体《からだ》をなでて、優《やさ》しくしてくれたじゃないか！　俺《おれ》のことが大好《だいす》きだからだろう！」

わたしはあわてて首《くび》をぶんぶん横《よこ》にふった。

「ち、違《ちが》います！」

ただ、子犬《こいぬ》をなでてただけ。

恋愛感情《れんあいかんじょう》なんてぜんぜんないし、まして結婚《けっこん》なんて。

狼男《おおかみおとこ》は前髪《まえがみ》をかきあげながらフッと笑《わら》い、わかっているような口調《くちょう》で言《い》った。

「照《て》れてるんだな。大丈夫《だいじょうぶ》だ、言《い》わなくても、リンの気持《きも》ちはよくわかってる」

え～!?

何《なに》これ、会話《かいわ》がぜんぜんかみ合《あ》わない。

蘭《らん》ちゃんが幻滅《げんめつ》したように顔《かお》をゆがめた。

「前言撤回《ぜんげんてっかい》。ぜんぜん好《この》みじゃないわ。こんなジコチュー、お断《ことわ》りだわ」

狼男《おおかみおとこ》は両腕《りょううで》を大《おお》きく広《ひろ》げ、ずんずんわたしに近《ちか》づいてきた。

「さあ、俺《おれ》と結婚《けっこん》しよう！　いますぐに！」

いまにもとびついてきそうな狼男《おおかみおとこ》に、わたしの背後《はいご》から、炎《ほのお》と風《かぜ》と氷《こおり》の攻撃《こうげき》が放《はな》たれた。

狼男《おおかみおとこ》は機敏《きびん》な動《うご》きで、後方《こうほう》にバク転《てん》してそれをかわす。

御影君《みかげくん》と虎鉄君《こてつくん》がわたしの左右《さゆう》に立《た》って、狼男《おおかみおとこ》を威嚇《いかく》するようににらみつける。

「ふざけたこと言《い》ってんじゃねーぞ、狼野郎《おおかみやろう》」

「とっとと失《う》せろ」

狼男《おおかみおとこ》は眉《まゆ》をひそめる。

「おまえたち、悪魔《あくま》だな？　なぜ悪魔《あくま》がこんなところに？」

零士君《れいじくん》が冷静《れいせい》に、端的《たんてき》に説明《せつめい》した。

「この天ケ瀬《あまがせ》リンは、僕《ぼく》たちと婚約《こんやく》している。おまえと結婚《けっこん》することは万《まん》が一《いち》にもない。わかったら、おとなしく魔界《まかい》へ帰《かえ》れ」

狼男《おおかみおとこ》は目《め》をまん丸《まる》くした。

「婚約《こんやく》？　リン、本当《ほんとう》か？」

「あ、はい、本当《ほんとう》です」

「悪魔《あくま》3人《にん》と婚約《こんやく》しているのか？」

わたしは強《つよ》くはっきりとうなずいた。

「はいっ」

それであきらめてくれるかと思《おも》ったけど、甘《あま》かった。

狼男《おおかみおとこ》は両手《りょうて》を腰《こし》にあてて、大《おお》きくうなずきながら言《い》った。

「そうか。じゃあ、俺《おれ》がこいつら3人《にん》を倒《たお》せば、めでたくリンと結婚《けっこん》できるということだな！」

ええぇ～、なんでそうなるの～⁉

開《あ》いた口《くち》がふさがらない。

すると、わたしの手《て》に御影君《みかげくん》たち３人《にん》が次々《つぎつぎ》とふれて、

「炎《ほのお》よ！」

「風《かぜ》よ！」

「氷《こおり》よ！」

足元《あしもと》に３色《しょく》の魔法陣《まほうじん》が現《あらわ》れた。

火炎《かえん》が火山《かざん》の噴火《ふんか》のように噴《ふ》き出《だ》し、旋風《せんぷう》が嵐《あらし》のように渦巻《うずま》いて、雪《ゆき》の結晶《けっしょう》が吹雪《ふぶき》のように舞《ま》い上《あ》がる。

３人《にん》は悪魔《あくま》の姿《すがた》になった。

「リンに指一本《ゆびいっぽん》ふれたら……燃《も》やす！」

「俺《おれ》たちを倒《たお》す？　やれるもんなら、やってみろよ」

「物《もの》わかりの悪《わる》い狼《おおかみ》には、厳《きび》しいしつけが必要《ひつよう》だな」

とりまく空気《くうき》がびりびりとしていて、怒《いか》りが伝《つた》わってくる。

３人《にん》とも、すごく怒《おこ》ってる。

でも狼男《おおかみおとこ》はひるむどころか、嘲笑《ちょうしょう》して、

「悪魔《あくま》が3人《にん》か。ふっ、楽勝《らくしょう》だな」

手首《てくび》から輪《わ》っかを一本《いっぽん》とり、それを空中《くうちゅう》に投《な》げた。

輪《わ》は空中《くうちゅう》でくるくる回転《かいてん》し、地面《じめん》に落《お》ちる。

すると地面《じめん》にマンホールみたいな真《ま》っ暗《くら》な穴《あな》が開《あ》いた。

わお―――――ん！

穴《あな》の中《なか》から、獣《けもの》の鳴《な》き声《ごえ》が聞《き》こえた。

わお―――――ん！

わお―――――ん！

最初《さいしょ》はひとつだった声《こえ》が、いくつも集《あつ》まって、合唱《がっしょう》みたいにこだまする。

その声《こえ》がみるみる近《ちか》づいてきて、そして真《ま》っ黒《くろ》な獣《けもの》が1匹《ぴき》、穴《あな》からとびだしてきた。

「あれは、グール？」

わたしの疑問《ぎもん》に、いや、と虎鉄君《こてつくん》が言《い》った。

「あれは魔界《まかい》の狼《おおかみ》、ワーグだ！」

零士君《れいじくん》が驚《おどろ》きをあらわに叫《さけ》ぶ。

「バカな！　狼男《おおかみおとこ》にもワーグにも、異世界《いせかい》を移動《いどう》する能力《のうりょく》はないはず……！」

マンホールみたいな穴《あな》から、ワーグが次《つぎ》から次《つぎ》へと出《で》てくる。

1匹《ぴき》、また1匹《ぴき》。

その数《かず》はどんどん増《ふ》えて、群《む》れになった。

狼男《おおかみおとこ》が声《こえ》をはりあげて、ワーグの群《む》れに呼《よ》びかけた。

「よく来《き》たな、おまえたち！」

わお―――――ん！

「今宵《こよい》、俺《おれ》は花嫁《はなよめ》を迎《むか》えることにした！　めでたいこの満月《まんげつ》の夜《よる》を祝《いわ》おうと、おまえたちを招《まね》いたのだ！」

わお―――――ん！

狼《おおかみ》の遠吠《とおぼ》えが夜空《よぞら》にこだまする。

狼男《おおかみおとこ》の言葉《ことば》に応《こた》えて、ワーグたちが吠《ほ》える。

どうやら狼男《おおかみおとこ》は、ワーグの群《む》れのリーダーみたいだ。

「だが悪魔《あくま》が3匹《びき》、俺《おれ》の花嫁《はなよめ》を奪《うば》おうとしている！　おまえたちの力《ちから》を貸《か》してくれ！

今日《きょう》の獲物《えもの》は、悪魔《あくま》だ！」

ワーグたちが一斉《いっせい》に、こちらを見《み》た。

無数《むすう》の銀色《ぎんいろ》の目《め》が月光《げっこう》を浴《あ》びてらんらんと光《ひか》っている。

御影君《みかげくん》たちが不愉快《ふゆかい》きわまりない表情《ひょうじょう》で、それを見《み》やる。

「すげームカつくな、あいつ」

「1匹残《ぴきのこ》らず、ぶっとばす」

「僕《ぼく》はリンを護衛《ごえい》する。リン、下《さ》がろう」

「う、うん」

零士君《れいじくん》にうながされて、わたしは蘭《らん》ちゃんと一緒《いっしょ》に、後方《こうほう》に下《さ》がった。

「やれぇ！」

狼男《おおかみおとこ》の声《こえ》を合図《あいず》に、ワーグたちが一斉《いっせい》に突進《とっしん》してきた。

「烈火《れっか》!!」

「ブラストファング!!」

炎《ほのお》と風《かぜ》の攻撃《こうげき》が、ワーグたちに次々《つぎつぎ》と命中《めいちゅう》した。

炎《ほのお》に焦《こ》がされ、風《かぜ》に切《き》り裂《さ》かれる。

ワーグの数《かず》は多《おお》いけど、特別《とくべつ》な力《ちから》はないようで、あっさりと倒《たお》されていく。

これなら、心配《しんぱい》ない――そう思《おも》ったとき。

倒《たお》されたワーグの体《からだ》が光《ひか》り、むくりと起《お》き上《あ》がった。

「えっ⁉」

炎《ほのお》に焦《こ》がされたワーグは体《からだ》をふるって火《ひ》を消《け》して、風《かぜ》に切《き》り裂《さ》かれたワーグは傷《きず》がみるみるふさがって、どちらも何事《なにごと》もなかったかのように立《た》ち上《あ》がってきた。

満月《まんげつ》の月光《げっこう》の下《した》で、すべてのワーグが蘇《よみがえ》った。

まるでゾンビみたいに。

腕組《うでぐ》みをした狼男《おおかみおとこ》が不敵《ふてき》に笑《わら》う。

「くくく……それでは、俺《おれ》たちは倒《たお》せんぞ」

「ワーグには魔法《まほう》が効《き》かないの？」

わたしの問《と》いに、いや、と零士君《れいじくん》が答《こた》える。

「効《き》かないわけじゃない。驚《おどろ》くほどタフで、回復力《かいふくりょく》が並外《なみはず》れて強《つよ》いんだ。まずいのは、今《こん》夜《や》は満月《まんげつ》だということだ。満月《まんげつ》の月光《げっこう》を浴《あ》びると、狼《おおかみ》たちのパワーは最大《さいだい》になる。タフさもふだんの数十倍《すうじゅうばい》になる」

蘭《らん》ちゃんがわたしの背後《はいご》にくっつくようにしながら、零士君《れいじくん》に聞《き》く。

「満月《まんげつ》の夜《よる》は、狼《おおかみ》は不死身《ふじみ》になるってこと？」

「そう言《い》っても、過言《かごん》ではない」

不死身《ふじみ》……そんな相手《あいて》に、どうやったら勝《か》てるの？

「だが狼《おおかみ》の魔族《まぞく》にも弱点《じゃくてん》がある」

「銀《ぎん》の弾丸《だんがん》とか？」

「いや。それは、こちらの世界《せかい》で作《つく》られた物語上《ものがたりじょう》の設定《せってい》だ。事実《じじつ》ではない」

あ、そうなんだ。

「狼男《おおかみおとこ》の弱点《じゃくてん》は――」

零士君《れいじくん》が言《い》おうとした、そのときだった。

狼男《おおかみおとこ》が投《な》げた輪《わ》が、零士君《れいじくん》の頭上《ずじょう》に浮《う》かんだ。

月光《げっこう》を受《う》けて輪《わ》は輝《かがや》き、零士君《れいじくん》の首《くび》にかかる。

「うっ！」

とたん、零士君《れいじくん》は白猫《しろねこ》の姿《すがた》になってしまった。

「零士君《れいじくん》！」

白猫《しろねこ》がわたしに向《む》かって言《い》った。

「にゃーん」

え？

白猫《しろねこ》はぎょっとしたような顔《かお》をし、もう一度《いちど》、口《くち》を開《ひら》く。

「にゃーん」

やっぱり猫《ねこ》の鳴《な》き声《ごえ》しか出《で》てこなかった。

光《ひかり》の首輪《くびわ》をはめられて、零士君《れいじくん》は言葉《ことば》が話《はな》せなくなってしまったみたいだ。

白猫《しろねこ》はもがき、前足《まえあし》や後《うし》ろ足《あし》に首輪《くびわ》をひっかけて、はずそうとする。

狼男《おおかみおとこ》は嘲笑《ちょうしょう》した。

「よけいなことをしゃべろうとするからだ。何《なに》をしようとはずれんぞ。満月《まんげつ》の夜《よる》が終《お》わるまではな」

そんな……！

零士君《れいじくん》が完全《かんぜん》に封《ふう》じられてしまった。

狼男《おおかみおとこ》は、手首《てくび》からもう1本《ぽん》の輪《わ》っかをとった。

御影君《みかげくん》と虎鉄君《こてつくん》が警戒《けいかい》し、身構《みがま》える。

「首輪《くびわ》で猫《ねこ》にするのは簡単《かんたん》だが、それではつまらんな。どうせ狩《か》るなら、楽《たの》しくやろう！」

狼男《おおかみおとこ》は輪《わ》っかを空中《くうちゅう》に投《な》げた。

輪《わ》は空中《くうちゅう》に浮《う》かび、月光《げっこう》を浴《あ》びて銀色《ぎんいろ》に輝《かがや》き、大《おお》きく、大《おお》きくなっていく。

1メートル、2メートル……10メートル、ぐんぐん大《おお》きくなっていき、そして。

カッ！

わたしたちは強《つよ》い月光《げっこう》に照《て》らされ、のみこまれた。

6

目《め》を開《あ》けると、スポーツ競技場《きょうぎじょう》のような場所《ばしょ》にいた。

サッカーのフィールドがあって、まわりにはぐるりと客席《きゃくせき》が並《なら》んでいる。

御影君《みかげくん》と虎鉄君《こてつくん》はフィールドにいて、わたしと蘭《らん》ちゃんと白猫《しろねこ》は客席《きゃくせき》にいた。

うしろを見《み》ると、そこは切《き》り立《た》った崖《がけ》のようで、眼下《がんか》に時計塔《とけいとう》が見《み》える。

蘭《らん》ちゃんが、あんぐり口《くち》を開《あ》けて呆然《ぼうぜん》とする。

「うそ……白《しろ》ニャンコ、これはなんなの？」

白猫《しろねこ》がキッとした表情《ひょうじょう》で、なにやら説明《せつめい》する。

「ニャーニャニャー、ニャニャンニャー」

「ごめん、なに言《い》ってるか、ぜんぜんわかんないわ」

どうやら狼男《おおかみおとこ》の投《な》げたリングが競技場《きょうぎじょう》になって、時計塔《とけいとう》の上《うえ》に浮《う》かんでいるみたいだ。

(これは魔法《まほう》……なのかな？)

いままでいろいろな魔法《まほう》を使《つか》ったり、見《み》てきたりしてきたけど、これはスケールが違《ちが》う。

一瞬《いっしゅん》で、空中《くうちゅう》にサッカー場《じょう》を出《だ》してしまうなんて。

けたはずれの魔力《まりょく》を感《かん》じる。

わたしたちの向《む》かい側《がわ》には王様《おうさま》の椅子《いす》みたいな特別椅子《とくべついす》があって、狼男《おおかみおとこ》はそこに座《すわ》りながら言《い》った。

「サッカーをしよう」

また輪《わ》をひとつ空中《くうちゅう》に投《な》げる。

すると輪《わ》が月光《げっこう》を浴《あ》びて、今度《こんど》はサッカーボールになった。

御影君《みかげくん》が眉《まゆ》をひそめて、

「なんでサッカーなんだ？」

「俺《おれ》は丸《まる》いものが好《す》き、ボール遊《あそ》びも好《す》きだ」

「遊《あそ》んでやってもいーけど、こっちが勝《か》ったら、リンのことはあきらめろよ。いいな？」

虎鉄君《こてつくん》の言葉《ことば》に、狼男《おおかみおとこ》はフッと笑《わら》って、

「勝《か》てたらな」

サッカー場《じょう》に、選手一同《せんしゅいちどう》が並《なら》ぶ。

御影君《みかげくん》と虎鉄君《こてつくん》VSワーグの大群《たいぐん》。ざっと見《み》て、50匹以上《ぴきいじょう》はいる。

「ちょっと！　いくらなんでも、数《かず》が違《ちが》いすぎるわよ！」

蘭《らん》ちゃんの抗議《こうぎ》に、狼男《おおかみおとこ》はしれっと答《こた》える。

「なら、そっちもメンバーを増《ふ》やせばいい」

「メンバーいないのわかってるくせに！」

蘭《らん》ちゃんが怒《おこ》っても、狼男《おおかみおとこ》はまったく気《き》にもとめない。

「キックオフ！」

狼男《おおかみおとこ》の合図《あいず》で試合《しあい》がはじまった。

ワーグが頭《あたま》や鼻先《はなさき》で器用《きよう》にボールをとばし、別《べつ》のワーグへとパスする。

息《いき》の合《あ》ったパス回《まわ》しで、あっという間《ま》にゴール前《まえ》にボールを運《はこ》び、そしてゴールキーパー不在《ふざい》のゴールに決《き》めてしまった。

わおーーーーーーん！

歓声《かんせい》のような、ワーグたちの勝負《しょうぶ》の雄叫《おたけ》びが響《ひび》く。

プレイヤーの数《かず》が違《ちが》いすぎて勝負《しょうぶ》にならない。

(御影君《みかげくん》と虎鉄君《こてつくん》でも、これじゃ……)

そう思《おも》ったとき、御影君《みかげくん》が不敵《ふてき》につぶやいた。

「ふぅん……わかった」

そして、ボールをドリブルしながら走《はし》りだした。

パスしないで、たったひとりで、突進《とっしん》してくるグールたちを次々《つぎつぎ》とかわし、ゴール前《まえ》へ。

「よっ！」

華麗《かれい》な個人《こじん》プレーで、シュート！

ボールがゴールに突《つ》き刺《さ》さった。

虎鉄君《こてつくん》もだった。

「いただきっ！」

ワーグからボールを奪《うば》い、向《む》かってくるワーグの群《む》れをひょいひょいとかわして、風《かぜ》のようにフィールドを走《はし》りぬけて、あっという間《ま》にゴールを決《き》めてしまった。

体育《たいいく》のサッカーでは、いつもふたりともやる気《き》なく、あくびをしている感《かん》じだったのに……。

本気《ほんき》の御影君《みかげくん》と虎鉄君《こてつくん》は、プロのサッカー選手《せんしゅ》も顔負《かおま》けだ。

（かぁっこいい……！）

わたしは声《こえ》をはりあげた。

「御影君《みかげくん》、虎鉄君《こてつくん》、がんばって〜！」

声援《せいえん》を送《おく》ると、御影君《みかげくん》がはりきって、

「見《み》てろ、リン！　おい、虎鉄《こてつ》、ボールよこせ」

「やなこった」

味方同士《みかたどうし》でボールのとり合《あ》いっこをしている。

見《み》かねて、蘭《らん》ちゃんが怒《おこ》った。

「こら、何《なに》やってんの、あなたたち！　真面目《まじめ》にやりなさ〜い！」

わたしは思《おも》わず苦笑《くしょう》してしまった。

（でも、これなら）

御影君《みかげくん》たちの勝利《しょうり》はまちがいない——そう思《おも》ったときだった。

ドゴ————ン！

隕石《いんせき》が落《お》ちたようなものすごい音《おと》がして、競技場《きょうぎじょう》が大《おお》きくゆれた。

客席《きゃくせき》の一角《いっかく》が壊《こわ》れ、崩《くず》れている。

観戦《かんせん》していた狼男《おおかみおとこ》が、壊《こわ》れた客席《きゃくせき》の方《ほう》に拳《こぶし》をつきだしていた。

（まさか、あれ、素手《すで》で……？）

何《なに》が起《お》こったのかわからず言葉《ことば》を失《うしな》っていると、狼男《おおかみおとこ》は言《い》った。

「選手交代《せんしゅこうたい》だ」

言《い》うやいなや、狼男《おおかみおとこ》はジャンプし、ズダーーン！　と、すごい音《おと》をたてて着地《ちゃくち》し、サッカー場《じょう》に降《お》り立《た》った。

わおーん！　わおーん！　わおーん！

歓声《かんせい》のような遠吠《とおぼ》えが、競技場《きょうぎじょう》に響《ひび》き渡《わた》る。

狼男《おおかみおとこ》は腕《うで》まくりをし、御影君《みかげくん》たちに言《い》った。

「俺《おれ》が相手《あいて》だ」

ワーグは鼻先《はなさき》でスローイン、狼男《おおかみおとこ》にボールを渡《わた》した。

狼男《おおかみおとこ》は、ドリブルをしながらゴールへと向《む》かう。

その正面《しょうめん》に、御影《みかげ》くんが立《た》ちはだかって、

「遅《おせ》えよ」

すばやい動《うご》きで、狼男《おおかみおとこ》からボールを奪《うば》った。

そのとき、数匹《すうひき》のワーグが、一斉《いっせい》に御影君《みかげくん》の足《あし》にかみついた。

「ぐっ⁉」

そこへ狼男《おおかみおとこ》が走《はし》りこんできて、サッカーボールではなく、動《うご》きが止《と》められた御影君《みかげくん》を思《おも》いきり蹴《け》った。

「ふん！」

御影君《みかげくん》は蹴《け》りをもろにくらって吹《ふ》っ飛《と》び、対面《たいめん》の壁《かべ》にたたきつけられた。

「が……っ！」

壁《かべ》が崩《くず》れ、もうもうと土煙《つちけむり》があがる。

「御影君《みかげくん》！」

土煙《つちけむり》が晴《は》れると、がれきの中《なか》で御影君《みかげくん》が倒《たお》れているのが見《み》えた。

「御影君《みかげくん》！　御影君《みかげくん》！」

呼《よ》びかけても、返事《へんじ》はなかった。

かすかに動《うご》いているけど、立《た》ち上《あ》がれないみたいだ。

わたしは青《あお》ざめた。

さっき狼男《おおかみおとこ》は、パンチで客席《きゃくせき》の一角《いっかく》を崩壊《ほうかい》させた。

あの怪力《かいりき》をまともに受《う》けてしまったら、いくら悪魔《あくま》でも、無傷《むきず》ではいられない。

蘭《らん》ちゃんが抗議《こうぎ》の声《こえ》をあげた。

「いまのは明《あき》らかにファウルでしょ！　レッドカード、反則負《はんそくま》けよ！」

狼男《おおかみおとこ》は平然《へいぜん》と言《い》い返《かえ》す。

「ファウルはダメだと、誰《だれ》が言《い》った？」

「え？」

狼男《おおかみおとこ》がワーグたちに向《む》かって、大声《おおごえ》で問《と》いかけた。

「いまのはアリか、ナシか!?　アリだと思《おも》うもの！」

わお————ん！

ワーグたちが一斉《いっせい》に吠《ほ》える。

狼男《おおかみおとこ》はニヤリと笑《わら》いながら言《い》った。

「多数決《たすうけつ》で決定《けってい》だ。いまのは、アリだ」

「な……！」

さすが蘭《らん》ちゃんも絶句《ぜっく》した。

虎鉄君《こてつくん》が、ふーんと言《い》って、

「あっそう。そっちがそうくるなら、こっちも遠慮《えんりょ》なく行《い》くぜ！」

ボールをドリブルしながらゴールをめざす。

「トルネードファング！」

風《かぜ》でワーグをなぎ倒《たお》しながら、ぐんぐんゴールに近《ちか》づく。

狼男《おおかみおとこ》が虎鉄君《こてつくん》の前《まえ》に立《た》ちはだかって、とびかかった。

「ふん！」

「遅《おせ》え」

虎鉄君《こてつくん》はボールを蹴《け》りあげ、ジャンプして狼男《おおかみおとこ》の頭上《ずじょう》を跳《と》びこえる。

猫《ねこ》のように軽《かろ》やかに。

あっさり狼男《おおかみおとこ》をぬき去《さ》った。

「おまえじゃ、俺《おれ》はとらえられねえよ」

「そうかな？」

狼男《おおかみおとこ》がニヤリと笑《わら》いながら、指《ゆび》をパチンと鳴《な》らす。

すると突然《とつぜん》、サッカー場全体《じょうぜんたい》が斜《なな》めに傾《かたむ》いた。

「な⁉」

虎鉄君《こてつくん》はバランスを崩《くず》して、フィールドに手《て》をついた。

そこへ狼男《おおかみおとこ》が走《はし》りこんで、足《あし》をふりあげる。

「うおおおおっ！」

虎鉄君《こてつくん》はとっさに両腕《りょううで》でガードする。でも——

「がっ⁉」

強烈《きょうれつ》な蹴《け》りでガードごとふっとばされ、虎鉄君《こてつくん》はゴールに激突《げきとつ》し、倒《たお》れてしまった。

「虎鉄君《こてつくん》！」

狼男《おおかみおとこ》が勝者《しょうしゃ》のように両腕《りょううで》をつきあげて、叫《さけ》んだ。

「勝負《しょうぶ》あり！　俺《おれ》の勝《か》ちだ！」

わお————ん！

ワーグたちが遠吠《とおぼ》えして、狼男《おおかみおとこ》の勝利《しょうり》をたたえる。

「御影君《みかげくん》！　虎鉄君《こてつくん》！」

呼《よ》びかけても、ふたりとも動《うご》かない——動《うご》けない。

わたしは客席《きゃくせき》を駆《か》け下《お》りて、サッカー場《じょう》の方《ほう》へ向《む》かって走《はし》った。

胸元《むなもと》のスタージュエルを握《にぎ》りしめる。

（御影君《みかげくん》たちを治療《ちりょう》しなきゃ！）

治療魔法《ちりょうまほう》を使《つか》えば——。

でも狼男《おおかみおとこ》が跳躍《ちょうやく》し、一瞬《いっしゅん》で、わたしの目《め》の前《まえ》に立《た》ちはだかった。

「!?」

「リン、どこへ行《い》くんだ？　まさか、他《ほか》の男《おとこ》のところじゃないだろうな？」

声色《こわいろ》が怖《こわ》くて、ぞくっとする。

逃《に》げようとしたけど、手《て》をつかまれてしまった。

「は、離《はな》して……！」

そのとき、周囲《しゅうい》の石《いし》が浮《う》かびあがり、狼男《おおかみおとこ》にビシビシと当《あ》たった。

幽霊《ゆうれい》の蘭《らん》ちゃんがポルターガイストで周囲《しゅうい》の石《いし》を動《うご》かし、狼男《おおかみおとこ》にぶつけている。

「やめなさいよ！　リンから離《はな》れなさい！」

でも、狼男《おおかみおとこ》がガオーッ!!　と吠《ほ》えると、その超音波《ちょうおんぱ》で、蘭《らん》ちゃんは吹《ふ》き飛《と》ばされてしまった。

「きゃ～～～～！」

「蘭《らん》ちゃん！」

今度《こんど》は、白猫《しろねこ》がジャンプして、狼男《おおかみおとこ》の顔《かお》に爪《つめ》をたてる。

でも頑強《がんきょう》な狼男《おおかみおとこ》を、猫《ねこ》の爪《つめ》では傷《きず》つけることはできなかった。

「邪魔《じゃま》だ！」

狼男《おおかみおとこ》が白猫《しろねこ》をわしづかみにし、乱暴《らんぼう》に放《ほう》りなげる。

白猫《しろねこ》はフィールドにたたきつけられ、ワーグたちの群《む》れの中《なか》で倒《たお》れてしまった。

「零士君《れいじくん》！　……あっ！」

狼男《おおかみおとこ》は、無理《むり》やりわたしを抱《だ》き寄《よ》せ、あごをくいっとあげた。

そして品定《しなさだ》めをするように、あちこちさわったり、くんくん匂《にお》いをかいだりして、赤《あか》い口《くち》をあけて舌《した》なめずりする。

「リン、かわいいなぁ。いい匂《にお》いで……やわらかくて、すごくおいしそうだ」

鋭《するど》い牙《きば》が見《み》えて、ぞくりとした。

狼《おおかみ》に狙《ねら》われた赤《あか》ずきんは、こんな気持《きも》ちだったのかな。

狼男《おおかみおとこ》はよだれをだらだらたれ流《なが》し、ぶつぶつとつぶやく。

「あぁ、食《た》べたいなぁ……でも我慢《がまん》我慢《がまん》。食《た》べたら、結婚《けっこん》できなくなっちゃうだろ」

自分《じぶん》で、自分《じぶん》に言《い》い聞《き》かせるように言《い》う。

おいしそう、食《た》べたい。

そんなふうに言《い》いながら、結婚《けっこん》したいだなんて、ぜんぜん理解《りかい》できない。

わたしを見《み》ていた狼男《おおかみおとこ》は、首《くび》にかけていたネックレス、スタージュエルに目《め》をとめた。

「なんだ、これは？　キラキラしてきれいな石《いし》じゃないか」

そう言《い》って、わたしの首《くび》からスタージュエルをとりあげた。

「ダメ、返《かえ》して！」

とり返《かえ》そうと手《て》をのばしたけど、狼男《おおかみおとこ》はスタージュエルをズボンのポケットに入《い》れてしまった。

そして、わたしに言《い》い聞《き》かせるように言《い》う。

「リン、強《つよ》い者《もの》はほしいものをなんでも手《て》に入《い》れられるんだ。花嫁《はなよめ》も、宝石《ほうせき》も、望《のぞ》むままにな」

狼男《おおかみおとこ》の背後《はいご》に大《おお》きくてまん丸《まる》な月《つき》がある。

明《あか》るい月光《げっこう》を全身《ぜんしん》に浴《あ》び、豪快《ごうかい》に笑《わら》った。

「満月《まんげつ》の夜《よる》、俺《おれ》に勝《か》てる奴《やつ》はいない！　わかっただろう？　じゃあ、キスしよう」

そう言《い》いながら狼男《おおかみおとこ》が顔《かお》を寄《よ》せてきた。

無理《むり》やりキスしようとせまってくる。

「いや……やめてぇ！」

わたしは顔《かお》をそらして、必死《ひっし》に抵抗《ていこう》した。

そのとき、ワーグたちの方《ほう》から赤《あか》い炎《ほのお》が見《み》え、かすかに風《かぜ》が吹《ふ》いてきた。

御影君《みかげくん》と虎鉄君《こてつくん》が、よろけながら立《た》ち上《あ》がって、

「やめ……ろ……！」

「汚《きた》ない手《て》で……リンにさわるんじゃねぇ！」

ふたりとも体中《からだじゅう》、傷《きず》だらけだった。

歯《は》をくいしばり、あちこちから血《ち》を流《なが》しながら、狼男《おおかみおとこ》にすごむ。

「リンを離《はな》せぇ……！」

「離《はな》さねぇと……！」

「うるさい悪魔《あくま》たちだ」

狼男《おおかみおとこ》が手首《てくび》からふたつの輪《わ》をとり、御影君《みかげくん》たちに投《な》げつけた。

「ぐ……！」

「が……！」

銀色《ぎんいろ》の輪《わ》がふたりの首《くび》にはまった。

「御影君《みかげくん》！　虎鉄君《こてつくん》！」

首輪《くびわ》をはめられて、ふたりとも猫《ねこ》になってしまった。

数《かぞ》えきれないほどのワーグが、黒猫《くろねこ》、虎猫《とらねこ》、白猫《しろねこ》をとり囲《かこ》む。

３人《にん》とも猫《ねこ》の姿《すがた》でフー！　と威嚇《いかく》したり、牙《きば》をむいたりするけど、できるのはそれだけだった。

猫《ねこ》の姿《すがた》では魔法《まほう》は使《つか》えないから、戦《たたか》いようがない。

蘭《らん》ちゃんがせっぱつまった声《こえ》で叫《さけ》ぶ。

「狼《おおかみ》VS猫《ねこ》……ぜんぜん勝《か》てる気《き》がしないわ！」

狼男《おおかみおとこ》は、勝利《しょうり》を確信《かくしん》したように、大《おお》きな口《くち》を全開《ぜんかい》にして笑《わら》った。

「ぐわはははは！　猫《ねこ》、おまえたちはワーグたちの餌《えさ》だ！」

無力《むりょく》な猫《ねこ》をワーグの群《む》れがとり囲《かこ》み、じりじりとせまる。

わたしは狼男《おおかみおとこ》に向《む》かって懇願《こんがん》した。

「やめて！　お願《ねが》い……！」

狼男《おおかみおとこ》がぐわっと牙《きば》をむきながら、わたしに怒鳴《どな》った。

「ダメだーっ！　あいつらは俺《おれ》に歯向《はむ》かった！　俺《おれ》に歯向《はむ》かう奴《やつ》は生《い》かしてはおかない！

おまえも痛《いた》い目《め》にあいたくなかったら、おとなしく俺《おれ》の言《い》うことを聞《き》けぇ！　いいな⁉」

あまりの横暴《おうぼう》さに、わたしはあぜんとした。

恐怖《きょうふ》よりも強《つよ》い感情《かんじょう》が胸《むね》にわきおこる。

なんか……腹《はら》が立《た》ってきた。

自分勝手《じぶんかって》で乱暴《らんぼう》な狼男《おおかみおとこ》にも腹《はら》が立《た》つけど、それ以上《いじょう》に、自分《じぶん》に。

御影君《みかげくん》たちが傷《きず》ついて倒《たお》れているのに。

大《だい》ピンチなのに。

大切《たいせつ》な御影君《みかげくん》たちを傷《きず》つけた相手《あいて》に、助《たす》けてとお願《ねが》いしている自分《じぶん》が情《なさ》けなくて、すごく腹《はら》が立《た》ってきた。

(わたしにできるのは、お願《ねが》いすることだけ？)

違《ちが》う、と自分《じぶん》の中《なか》から声《こえ》があがる。

だって、わたしは無力《むりょく》じゃない。

わたしは――白魔女《しろまじょ》だ！

狼男《おおかみおとこ》がハアハアしながら、顔《かお》を寄《よ》せてきて、

「さあ、リン、キスするぞ！」

わたしはキッと狼男《おおかみおとこ》を見《み》て、真《ま》っ向《こう》から言《い》い返《かえ》した。

「嫌《いや》です！　わたしの結婚相手《けっこんあいて》は、わたしが決《き》めます！　あなたの思《おも》いどおりにはなりません！」

カッ！

瞬間《しゅんかん》、狼男《おおかみおとこ》のポケットから光《ひかり》があふれた。

「ぬおぉ!?」

まばゆい光《ひかり》に、狼男《おおかみおとこ》はひるみ、わたしから離《はな》れて後退《こうたい》する。

スタージュエルがひとりでに狼男《おおかみおとこ》のポケットから出《で》てきて、わたしの前《まえ》に浮《う》かび、強《つよ》い光《ひかり》を放《はな》った。

強《つよ》い光《ひかり》だけど、不思議《ふしぎ》とまぶしくはない。

白《しろ》い光《ひかり》はやわらかくて優《やさ》しい。

スタージュエルのまばゆい光《ひかり》の中《なか》に、人影《ひとかげ》が見《み》えた。

白《しろ》いとんがり帽子《ぼうし》をかぶり、白《しろ》ローブをまとった白魔女《しろまじょ》。

（お母《かあ》さん！）

お母《かあ》さんは7年前《ねんまえ》に亡《な》くなっているから、これは幻《まぼろし》に違《ちが》いない。

でも、いまそこにいるように、お母《かあ》さんはわたしに微笑《ほほえ》みかけているように見《み》える。

わたしは心《こころ》で呼《よ》びかけた。

（御影君《みかげくん》たちを助《たす》けたいの！　助《たす》けられる魔法《まほう》を、教《おし》えて！）

お母《かあ》さんはすっと右手《みぎて》をのばし、手《て》のひらを上《うえ》にした。

わたしはその動《うご》きを真似《まね》して、手《て》のひらを上《うえ》にして開《ひら》く。

するとスタージュエルがわたしの手《て》の上《うえ》で、輝《かがや》きながら形《かたち》を変《か》えた。

星《ほし》の形《かたち》に細《ほそ》い棒《ぼう》がのびる。

それはまるで魔法《まほう》の杖《つえ》。

わたしはスタージュエルの杖《つえ》を手《て》にとった。

瞬間《しゅんかん》、体《からだ》が発光《はっこう》して、純白《じゅんぱく》のウエディングドレスの姿《すがた》になった。

髪《かみ》には銀色《ぎんいろ》のティアラと白《しろ》いベールがついていて、真《ま》っ白《しろ》なドレス同様《どうよう》に、夜空《よぞら》にまたたく星《ほし》のように輝《かがや》いている。

杖《つえ》を動《うご》かすと、スタージュエルが空中《くうちゅう》にキラキラした光《ひかり》の軌跡《きせき》を描《えが》いた。

まるで、流《なが》れ星《ぼし》みたい。

流《なが》れ星《ぼし》に願《ねが》えば願《ねが》いが叶《かな》う、というけれど。

なかなか見《み》られない、願《ねが》いを叶《かな》える力《ちから》をもつ星《ほし》——それがいま、わたしの手《て》の中《なか》にある。

そんなふうに思《おも》えるほど、体中《からだじゅう》に魔力《まりょく》がみなぎっているのを感《かん》じた。

お母《かあ》さんの口元《くちもと》が動《うご》いた。

何《なに》かを言《い》っている。

声《こえ》は聞《き》こえなかったけど、なぜかその言葉《ことば》がはっきりと伝《つた》わってきた。

わたしはスタージュエルの杖《つえ》を握《にぎ》りしめて、お母《かあ》さんが教《おし》えてくれた白魔法《しろまほう》の呪文《じゅもん》を唱《とな》えた。

「キラリアーナキャンバス！」

杖《つえ》をふると、スタージュエルから、白《しろ》い閃光《せんこう》が放《はな》たれた。

7

スタージュエルからほとばしる白魔法《しろまほう》の輝《かがや》きが、一面《いちめん》に広《ひろ》がった。

満月《まんげつ》の光《ひかり》を押《お》しのけて、真《ま》っ白《しろ》な光《ひかり》があたりを照《て》らす。

その光《ひかり》に照《て》らされた瞬間《しゅんかん》、御影君《みかげくん》たちの首《くび》にはまっていた輪《わ》が粉々《こなごな》になって消《き》えた。

さらに空中《くうちゅう》に浮《う》かんでいたサッカー場《じょう》がぐらりと傾《かたむ》いて、砂《すな》が崩《くず》れるように壊《こわ》れはじめた。

足場《あしば》をなくして、狼男《おおかみおとこ》もワーグたちも地上《ちじょう》に落下《らっか》していく。

そんな様子《ようす》が、なぜかスローモーションで見《み》えた。

音《おと》もゆっくり聞《き》こえる。

狼男《おおかみおとこ》やワーグたちがなすすべなく落下《らっか》していく中《なか》、わたしだけが落《お》ちずに、空中《くうちゅう》に浮《う》かんでいた。

まるで、世界《せかい》の中心《ちゅうしん》にわたしがいるみたい。

白魔女《しろまじょ》の世界《せかい》――そんな感《かん》じだ。

わたしはスタージュエルの杖《つえ》を握《にぎ》り、ゆっくり落下《らっか》しながら、みんなを探《さが》した。

落《お》ちていくワーグたちと一緒《いっしょ》に、傷《きず》ついた黒猫《くろねこ》、虎猫《とらねこ》、白猫《しろねこ》が落《お》ちていくのが見《み》える。

首輪《くびわ》はとれたけど、魔力《まりょく》が戻《もど》っていないのか、猫《ねこ》の姿《すがた》のままだ。

「みんな！」

３匹《びき》の耳《みみ》がぴくりと動《うご》く。

わたしはスタージュエルの杖《つえ》をふった。

するとスタージュエルからキラキラした小《ちい》さな星《ほし》が放《はな》たれて、それが天《あま》の川《がわ》のように宙《ちゅう》を流《なが》れ、御影君《みかげくん》たちに向《む》かっていく。

小《ちい》さな星《ほし》たちはキラキラ光《ひか》りながら、３匹《びき》をわたしの方《ほう》へ運《はこ》んできてくれた。

みんな傷《きず》だらけでぐったりしている。

わたしは３匹《びき》の猫《ねこ》を胸《むね》に抱《だ》きしめて、治療《ちりょう》の魔法《まほう》の呪文《じゅもん》を唱《とな》えた。

「キャロリーナ・キャロライナ！」

スタージュエルから白魔法《しろまほう》の光《ひかり》が放《はな》たれ、その光《ひかり》を浴《あ》びた３匹《びき》の猫《ねこ》は、黒衣《こくい》の悪魔《あくま》へと姿《すがた》を変《か》えた。

目《め》をつむっていた３人《にん》がゆっくりと目《め》を開《あ》け、わたしを見《み》た。

御影君《みかげくん》たちのひどかった傷《きず》は、きれいに消《き》えてなくなっている。

（よかった）

ほっと息《いき》をついて、気持《きも》ちがゆるんだ瞬間《しゅんかん》、音《おと》が戻《もど》り、色《いろ》も戻《もど》り、白魔女《しろまじょ》の世界《せかい》が終《お》わった。

「きゃ⁉」

落下《らっか》するわたしを3人《にん》の手《て》がそれぞれ引《ひ》き寄《よ》せ、受《う》けとめ、支《ささ》えてくれた。

わたしたちは、すたん、と地上《ちじょう》に着地《ちゃくち》した。

まとっていた白《しろ》のウエディングドレスは、溶《と》けるように消《き》えて、わたしはもとの私服《しふく》に戻《もど》った。

幽霊《ゆうれい》の蘭《らん》ちゃんが空中《くうちゅう》で興奮《こうふん》しながら言《い》う。

「リン、いまの、白《しろ》いウエディングドレスよね⁉　すっごく素敵《すてき》なデザインじゃなかった⁉　ねえ、もう一回見《いっかいみ》せてくれない？」

「ごめんね、気《き》がついたら着《き》てて……どうやって着《き》たのか、よくわからないんだ」

お母《かあ》さんが教《おし》えてくれた白魔法《しろまほう》、あまり長《なが》くはもたないみたい。

驚《おどろ》いてぽかんとしている御影君《みかげくん》たちに、わたしは微笑《ほほえ》みかけた。

「みんなを助《たす》けたいって思《おも》ったら、スタージュエルが力《ちから》を貸《か》してくれたの」

零士君《れいじくん》と虎鉄君《こてつくん》は、感心《かんしん》したような、あきれたような顔《かお》で、

「リン……君《きみ》には本当《ほんとう》に驚《おどろ》かされる」

「すげーわ、マジ惚《ほ》れ直《なお》すわ」

御影君《みかげくん》は少《すこ》しくやしそうにつぶやく。

「ごめん……リンを守《まも》らなきゃならないのに、逆《ぎゃく》に助《たす》けられるなんて」

「ううん。わたし、うれしい。守《まも》られてばかりじゃなくて、わたしもみんなの力《ちから》になりたいって思《おも》ってたから。だって、夫婦《ふうふ》は助《たす》け合《あ》うものでしょ？」

そう言《い》ったら、御影君《みかげくん》はふっと微笑《ほほえ》んだ。

「そっか。そうだな」

地面《じめん》に落下《らっか》したワーグたちは、何《なに》が起《お》こったのかわからず、きょろきょろしている。

狼男《おおかみおとこ》が、銀色《ぎんいろ》の目《め》をギラつかせながらわたしを見《み》ていて、赤《あか》い舌《した》を出《だ》して、ハアハア息《いき》を荒《あら》げながら言《い》った。

「はぁぁ……真《ま》っ白《しろ》なリン……きれいだぁ……！　リン、ほしい！　リンと結婚《けっこん》したい！」

御影君《みかげくん》たちが前《まえ》に出《で》ようとするのを手《て》でとどめて、わたしは一歩《いっぽ》前《まえ》に出《で》た。

狼男《おおかみおとこ》と真正面《ましょうめん》から向《む》き合《あ》って、はっきりと気持《きも》ちを告《つ》げる。

「狼男《おおかみおとこ》さん、わたしはあなたとは結婚《けっこん》しません」

「いや、する」

「いいえ、しません」

「結婚《けっこん》すると、俺《おれ》が決《き》めたんだ！　だからおまえは俺《おれ》のものだ！」

「結婚《けっこん》って、そういうものじゃないでしょう？　お互《たが》いがお互《たが》いを好《す》きになって、相手《あいて》を思《おも》いやって、一緒《いっしょ》に幸《しあわ》せになるように努力《どりょく》することなんじゃないの？」

「俺《おれ》がしたいから、結婚《けっこん》するんだ！」

わんわん、わわん！　わわわん、わんわん！

まわりにいるワーグたちが激《はげ》しく吠《ほ》えたてる。

騒《さわ》がしくて、話《はなし》ができない。

わたしはスタージュエルの杖《つえ》をひとふりして、一言《ひとこと》いった。

「あなたたち、お座《すわ》り！」

瞬間《しゅんかん》、ビシッ！　と狼男《おおかみおとこ》とワーグたちが、みんなそろってお座《すわ》りした。

狼男《おおかみおとこ》はハッと我《われ》に返《かえ》って、

「えっ⁉　あ、あれ⁉」

あわてて立《た》ち上《あ》がる。

御影君《みかげくん》たちがぷっと笑《わら》う。

わたしは狼男《おおかみおとこ》に頭《あたま》を下《さ》げた。

「ごめんなさい。あなたの気持《きも》ちはうれしいけど……結婚《けっこん》は、できません。たとえ無理《むり》やり結婚《けっこん》しても、わたしの心《こころ》はあなたのものにはなりません」

狼男《おおかみおとこ》は、う〜〜〜〜とうなる。

「でも、俺《おれ》はリンがほしいんだ！　絶対《ぜったい》にほしいんだ！」

「わたしはものじゃありません」

「俺《おれ》のものだー！」

狼男《おおかみおとこ》が吠《ほ》える。

わたしは声《こえ》をはりあげて言《い》った。

「わたしには、好《す》きな人《ひと》がいます！　それは――」

わたしはそばにいた御影君《みかげくん》にそっと体《からだ》を寄《よ》せて、背伸《せの》びして、その頬《ほお》に軽《かる》くキスをした。

「御影君《みかげくん》」

御影君《みかげくん》がすごくびっくりした顔《かお》をして、ボッと火《ひ》がついたみたいに赤《あか》くなった。

「虎鉄君《こてつくん》、零士君《れいじくん》」

同《おな》じように、虎鉄君《こてつくん》の頬《ほお》にも、零士君《れいじくん》の頬《ほお》にもキスをした。

高《たか》まったふたりの魔力《まりょく》で、風《かぜ》と冷気《れいき》があたりに吹《ふ》きまく。

わたしはもう一度《いちど》、狼男《おおかみおとこ》と向《む》き合《あ》って宣言《せんげん》した。

「わたしは、この3人《にん》の誰《だれ》かと結婚《けっこん》します！　まだ決《き》められないけど……3人《にん》の中《なか》の誰《だれ》かってことは決定《けってい》してます！　だからあなたと結婚《けっこん》することは、絶対《ぜったい》にありません！」

優柔不断《ゆうじゅうふだん》かもしれない。

でもこれが、いつわりのない、いまのわたしの本心《ほんしん》だ。

狼男《おおかみおとこ》はわなわなと震《ふる》え、全身《ぜんしん》の毛《け》を針《はり》のように逆立《さかだ》てて、牙《きば》をむいて怒鳴《どな》った。

「ううう、浮気《うわき》はゆるさ――ん!!」

蘭《らん》ちゃんが黙《だま》っていられないとばかりに、言《い》い返《かえ》す。

「何《なに》が浮気《うわき》よ！　そっちが一方的《いっぽうてき》にリンに片思《かたおも》いしてるだけでしょ!?」

狼男《おおかみおとこ》は吠《ほ》えるように怒鳴《どな》った。

「うるさあああぁぁぁ――――い!!!」

わたしはくちびるをかんだ。

話《はな》し合《あ》いで解決《かいけつ》したかったけど、どうしてもわかってもらえない。

零士君《れいじくん》がそばに来《き》て、わたしの肩《かた》に手《て》をおいた。

「リン、君《きみ》は精一杯《せいいっぱい》の誠意《せいい》をつくした。もう、充分《じゅうぶん》だ」

「零士君《れいじくん》……」

「どれだけ言葉《ことば》をつくしてうったえても、伝《つた》わらない相手《あいて》もいる。仕方《しかた》がないんだ、相手《あいて》にわかろうとする気持《きも》ちがないのだから」

「どうすればいいの？」

零士君《れいじくん》は小《ちい》さくうなる。

「……対応《たいおう》は難《むずか》しい。だが、このまま放《ほう》ってはおけない。行《い》きすぎた好意《こうい》は、ときに悪意《あくい》となってしまう」

わたしはハッとして狼男《おおかみおとこ》を見《み》た。

こっちを見《み》ている狼男《おおかみおとこ》から、かすかに黒《くろ》い霧《きり》が出《で》ているのが見《み》えた。

綺羅《きら》さんのパーティーで見《み》たような悪意《あくい》だ。

わたしを好《す》きだと言《い》いながら、わたしを見《み》るまなざしに怒《いか》りや憎《にく》しみの色《いろ》が浮《う》かんでいる。

好意《こうい》が、悪意《あくい》へと変化《へんか》し、どんどんふくらんでいく。

零士君《れいじくん》がわたしを背《せ》にかばって、

「君《きみ》に向《む》けられる悪意《あくい》は、ここで排除《はいじょ》しておかなければ」

御影君《みかげくん》と虎鉄君《こてつくん》が、ザッと前《まえ》に出《で》てわたしに言《い》った。

「大丈夫《だいじょうぶ》だ。俺《おれ》があいつに、リンをあきらめさせる！」

「そーそー、いくらリンに言《い》い寄《よ》っても無駄《むだ》だってことを、あいつにわからせてやっから」

「でも、またみんながケガしたら……」

大丈夫《だいじょうぶ》、と御影君《みかげくん》が断言《だんげん》した。

「ぜんぜん負《ま》ける気《き》しねーから。なんてったって、リンからほっぺにチュー、だからな」

「あいつが満月《まんげつ》でパワーアップするみたいに、俺《おれ》らはリンでパワーアップするんだ。ぜってー勝《か》つから、リンは見《み》ててくれ」

そう言《い》って、ふたりは力強《ちからづよ》く笑《わら》った。

その笑顔《えがお》が頼《たの》もしくて、わたしは笑《わら》ってうなずいた。

「うん」

零士君《れいじくん》がわたしのかたわらに立《た》って、ふたりに言《い》う。

「リンの護衛《ごえい》は引《ひ》き受《う》ける。行《い》ってこい」

おう、と言《い》って、御影君《みかげくん》と虎鉄君《こてつくん》は立《た》ち並《なら》んで、狼男《おおかみおとこ》と対峙《たいじ》した。

狼男《おおかみおとこ》はふんと鼻《はな》で笑《わら》う。

「ひ弱《よわ》な猫《ねこ》が、俺《おれ》たち狼《おおかみ》に勝《か》てるとでも思《おも》っているのか？　おまえたち悪魔《あくま》はいつも俺《おれ》たち狼《おおかみ》を恐《おそ》れ、しっぽを巻《ま》いて逃《に》げるくせに」

「勘違《かんちが》いすんな。狼《おおかみ》はすぐわんわんつきまとってくる、うっとおしいから関《かか》わらないようにしてただけだ。でも――今日《きょう》は、戦《たたか》う理由《りゆう》が大《おお》アリだからな」

「とことん遊《あそ》んでやるぜ。おまえたちが嫌《いや》って言《い》うくらいまでな」

ゴオオオオオ……！　炎《ほのお》が音《おと》をたてて燃《も》え盛《さか》る。

ビュオオオオ……！　風《かぜ》が吹《ふ》き巻《ま》く。

炎《ほのお》の悪魔《あくま》と風《かぜ》の悪魔《あくま》が立《た》ち並《なら》んで、赤《あか》い瞳《ひとみ》と金色《きんいろ》の瞳《ひとみ》で狼男《おおかみおとこ》をにらむ。

「リンの好《す》きな相手《あいて》を倒《たお》せば、リンは俺《おれ》のものだ！」

狼男《おおかみおとこ》は黒《くろ》い悪意《あくい》をまき散《ち》らしながら吠《ほ》えた。

「ワーグよ、あの悪魔《あくま》たちを八《や》つ裂《ざ》きにしろ！」

わお――――ん！

ワーグの群《む》れが、ふたりに突進《とっしん》する。

御影君《みかげくん》と虎鉄君《こてつくん》は、まるで散歩《さんぽ》するように歩《ある》きながらグールに向《む》かっていく。

「リンはどんどんかわいくなるなー。かわいすぎてホントやばい。烈火《れっか》！」

「俺《おれ》はわかってたけどな、リンは絶対《ぜったい》いい女《おんな》になるって。ブラストファング！」

「んなこと、俺《おれ》だって知《し》ってた！　灼熱砲火《しゃくねつほうか》！」

「本当《ほんとう》かよ〜。クリークサイクロン！」

おしゃべりしながら、魔法《まほう》の攻撃《こうげき》を放《はな》つ。

ふたりの魔力《まりょく》が、さっきとは段違《だんちが》いに高《たか》まっているのを感《かん》じる。

炎《ほのお》と風《かぜ》の攻撃《こうげき》を受《う》けて、多《おお》くのワーグたちは次々《つぎつぎ》と倒《たお》れ、一網打尽《いちもうだじん》にされた。

見物《けんぶつ》している狼男《おおかみおとこ》は腕組《うでぐ》みしながら、余裕《よゆう》の笑《え》みを浮《う》かべている。

「ふっ、その程度《ていど》の魔法《まほう》で、不死身《ふじみ》の俺《おれ》たちが倒《たお》せるとでも――」

そのとき、攻撃《こうげき》を受《う》けた1匹《ぴき》のワーグの体《からだ》が崩《くず》れ、黒《くろ》い砂《すな》のようになった。

狼男《おおかみおとこ》はそれを見《み》て、驚《おどろ》きの声《こえ》をあげる。

「えっ!?」

他《ほか》のワーグたちも同様《どうよう》だった。

ワーグたちはよみがえることなく、次々《つぎつぎ》と体《からだ》が崩《くず》れて、砂《すな》となって消《き》え失《う》せた。

狼男《おおかみおとこ》が目《め》を見開《みひら》いて叫《さけ》んだ。

「な、なぜだ!?　満月《まんげつ》の夜《よる》、俺《おれ》たちは不死身《ふじみ》なのに……！」

夜空《よぞら》には、変《か》わらず大《おお》きな満月《まんげつ》が浮《う》かんでいる。

その月光《げっこう》が弱《よわ》まったわけでもないのに。

(どうしてなんだろう？)

理由《りゆう》はわからないけど、ワーグたちは不死身《ふじみ》ではなくなったみたいだ。

タフさを失《うしな》ったワーグは、御影君《みかげくん》たちの敵《てき》ではなかった。

炎《ほのお》は風《かぜ》を受《う》けて激《はげ》しく燃《も》えあがり、風《かぜ》は炎《ほのお》をのせてよりパワフルになっている。

御影君《みかげくん》と虎鉄君《こてつくん》の息《いき》もぴったり。

ほれぼれしちゃうようなコンビネーションだ。

「御影君《みかげくん》も、虎鉄君《こてつくん》も、すごいねぇ！　かっこいいねぇ……！」

見《み》とれながらはしゃいでると、蘭《らん》ちゃんが言《い》った。

「あのふたりは、少々喧嘩《しょうしょうけんか》しても大丈夫《だいじょうぶ》よ。だって共通点《きょうつうてん》があるし」

「共通点《きょうつうてん》？」

「リンを守《まも》る――それだけは、絶対《ぜったい》にブレないでしょ？」

出会《であ》ってから、いままでずっと一緒《いっしょ》に戦《たたか》ってきた。

わたしを守《まも》るために、あたり前《まえ》のように力《ちから》を合《あ》わせて。

きっとふたりは言葉《ことば》にはしないし、声《こえ》をかけ合《あ》ったりもしないだろうけど……その戦《たたか》い方《かた》には、強《つよ》い信頼《しんらい》が感《かん》じられた。

ワーグはみるみるうちにその数《かず》を減《へ》らし、もう群《む》れとは言《い》えなくなった。

残《のこ》った数匹《すうひき》のワーグは、くーんくーんと弱々《よわよわ》しい声《こえ》で鳴《な》きながら、狼男《おおかみおとこ》の背後《はいご》に隠《かく》れる。

「おいコラ、おまえたち！　なぜ退《しりぞ》く!?　行《い》かんか！」

「おまえが来《こ》いよ、狼男《おおかみおとこ》」

御影君《みかげくん》は狼男《おおかみおとこ》の正面《しょうめん》に立《た》って、挑発的《ちょうはつてき》に手招《てまね》きする。

「俺《おれ》たちを狩《か》るんだろ？　雑魚《ざこ》のワーグなんかお呼《よ》びじゃねえ、おまえがかかってこい」

狼男《おおかみおとこ》は顔《かお》をゆがめて怒鳴《どな》った。

「狼男《おおかみおとこ》の恐《おそ》ろしさを、思《おも》い知《し》らせてやるわ！」

ふん！　と両拳《りょうこぶし》を握《にぎ》りしめ、全身《ぜんしん》に力《ちから》を入《い》れる。

狼男《おおかみおとこ》のシャツがびりびりと破《やぶ》れて、全身《ぜんしん》にブロンズ色《いろ》の剛毛《ごうもう》が生《は》えて、鎧《よろい》のようになる。

人《ひと》のようだった顔《かお》が、完全《かんぜん》に狼《おおかみ》の顔《かお》に変化《へんか》した。

ガアアアアアアア！

吠《ほ》えながら、御影君《みかげくん》に猛《もう》スピードで突進《とっしん》した。

空振《からぶ》りしたパンチで地面《じめん》にクレーターのような穴《あな》ができ、キックで太《ふと》い木《き》の幹《みき》がへし折《お》れる。

そんな怪力《かいりき》に加《くわ》えて、狼男《おおかみおとこ》は太《ふと》くて鋭《するど》い牙《きば》や爪《つめ》をむきだして、御影君《みかげくん》に襲《おそ》いかかる。

かすっただけで切《き》り裂《さ》かれてしまいそうな爪《つめ》や牙《きば》を前《まえ》にして、御影君《みかげくん》は下《さ》がるどころか踏《ふ》み出《だ》して、狼男《おおかみおとこ》のふところに入《はい》った。

そして毛《け》むくじゃらの胸元《むなもと》に両手《りょうて》を押《お》しあてて、炎《ほのお》の呪文《じゅもん》を唱《とな》えた。

「燃《も》えろ、炎《ほのお》！」

御影君《みかげくん》の両手《りょうて》から噴《ふ》き出《だ》した炎《ほのお》が、狼男《おおかみおとこ》に燃《も》え移《うつ》ってその全身《ぜんしん》を覆《おお》う。

でも、狼男《おおかみおとこ》は平然《へいぜん》と笑《わら》っていた。

狼《おおかみ》の毛《け》は一本一本《いっぽんいっぽん》が鋼鉄《こうてつ》の針《はり》のようで、炎《ほのお》に包《つつ》まれても燃《も》えない。

「ぬるいわ！　狼男《おおかみおとこ》の俺《おれ》が、この程度《ていど》の炎《ほのお》で――」

「この程度《ていど》で終《お》わるかよ」

御影君《みかげくん》は真紅《しんく》の瞳《ひとみ》を輝《かがや》かせ、怒《いか》りあらわな声《こえ》で言《い》った。

「おまえはリンをクンクンして、リンを無理《むり》やり抱《だ》きしめて、そして！　リンにキスしようとしやがった！　一本《いっぽん》の毛《け》も残《のこ》らず燃《も》やしつくす！　燃《も》えあがれ、烈火猛爆《れっかもうばく》！」

ゴオオオオ――――ッ！

紅蓮《ぐれん》の炎《ほのお》が音《おと》をたてて燃《も》えあがり、火柱《ひばしら》となった。

炎《ほのお》の勢《いきお》いが激《はげ》しさを増《ま》し、あまりの高温《こうおん》のためか、狼男《おおかみおとこ》の鋼《はがね》の体《からだ》が真《ま》っ赤《か》になり、針《はり》のような毛《け》がちりちりと焦《こ》げはじめた。

「あち！　あち！　あちちちちっ！」

狼男《おおかみおとこ》はたまらず御影君《みかげくん》から離《はな》れ、地面《じめん》を転《ころ》げまわった。

それでも火《ひ》は消《き》えず、近《ちか》くの池《いけ》に落《お》ちて、ようやく体《からだ》についた火《ひ》を鎮火《ちんか》させた。

黒《くろ》こげになってしまった狼男《おおかみおとこ》は憤怒《ふんぬ》の形相《ぎょうそう》で戻《もど》ってきて、

「ハア、ハア、ハア、おのれぇ……うおっ⁉」

そこへ突風《とっぷう》が矢《や》のように襲《おそ》いかかってきて、狼男《おおかみおとこ》は紙一重《かみひとえ》でかわした。

「へえ、まだぜんぜん動《うご》けるじゃん」

いつの間《ま》にか、虎鉄君《こてつくん》が狼男《おおかみおとこ》の背後《はいご》に立《た》っていた。

「うおっ⁉」

びくっとした狼男《おおかみおとこ》が、あわててとびのく。

虎鉄君《こてつくん》が金色《きんいろ》の目《め》を光《ひか》らせながら、狼男《おおかみおとこ》を見《み》すえて、

「あんまりひ弱《よわ》だと弱《よわ》いものいじめになっちまうけど、おまえ、すっげータフだからさ。思《おも》いっきりぶっとばしてもいいよな？」

「うぬぬ……があぁ！」

狼男《おおかみおとこ》は虎鉄君《こてつくん》に突進《とっしん》して、激《はげ》しいパンチの連打《れんだ》をくりだした。

鋭《するど》い風切《かざき》り音《おん》がするほどの重《おも》いパンチを、虎鉄君《こてつくん》は軽《かろ》やかにかわす。

かすりもしない。

狼男《おおかみおとこ》がいらついた様子《ようす》で、鼻息《はないき》を荒《あら》くして、

「ええい、ちょこまかと！　逃《に》げ足《あし》の速《はや》いやつだ！」

「逃《に》げねーよ。おまえは逃《に》がさねー！」

虎鉄君《こてつくん》が前《まえ》に踏《ふ》みだして、右拳《みぎこぶし》をつきだした。

狼男《おおかみおとこ》も、握《にぎ》りしめた右拳《みぎこぶし》をくりだす。

パンチとパンチがぶつかって、火花《ひばな》が散《ち》る。

ふたりの力《ちから》は互角《ごかく》だった。

「なっ⁉」

狼男《おおかみおとこ》の顔《かお》が驚《おどろ》きと動揺《どうよう》で大《おお》きくゆがむ。

「狼《おおかみ》ごときに、悪魔《あくま》は狩《か》れねえよ。ビーストテンペスト！」

虎鉄君《こてつくん》の拳《こぶし》に風《かぜ》のパワーが加《くわ》わって、狼男《おおかみおとこ》を吹《ふ》き飛《と》ばした。

「ウガアアア～～～！」

その巨体《きょたい》が木々《きぎ》を数本《すうほん》なぎ倒《たお》して、地面《じめん》にたたきつけられた。

針《はり》みたいな毛《け》は焦《こ》げ焦《こ》げでへなっとなり、隆々《りゅうりゅう》だった筋肉《きんにく》が細《ほそ》くなり、狼男《おおかみおとこ》の体《からだ》がひとまわり小《ちい》さくなった。

明《あき》らかに魔力《まりょく》が弱《よわ》くなっている。

「うぐ……なぜだ⁉　満月《まんげつ》の夜《よる》、俺《おれ》たちは不死身《ふじみ》で、最強《さいきょう》なのに……！」

狼男《おおかみおとこ》の疑問《ぎもん》に、零士君《れいじくん》が答《こた》えた。

「満月《まんげつ》の月光《げっこう》を上回《うわまわ》る強《つよ》い光《ひかり》が照《て》りつけたからだ」

「は？　まだ夜《よる》だぞ？　太陽《たいよう》も出《で》てないのに、スーパームーンの月光《げっこう》を上回《うわまわ》る光《ひかり》など、あるわけないだろう！」

「白魔法《しろまほう》だ」

狼男《おおかみおとこ》が息《いき》をのみ、裏返《うらがえ》った声《こえ》で叫《さけ》んだ。

「し、白魔法《しろまほう》!?」

狼男《おおかみおとこ》は目《め》をまん丸《まる》にして、ぎょっとしたような顔《かお》で、わたしの方《ほう》を見《み》た。

そしてかすかに震《ふる》える指《ゆび》でわたしをさしながら、

「ま、まさか……おまえ、白魔女《しろまじょ》なのか!?」

「あ、はい。いちおう」

狼男《おおかみおとこ》の様子《ようす》が一変《いっぺん》した。ピンと立《た》っていた耳《みみ》がぺたんとたれて、しっぽを股《また》の間《あいだ》にくるんとたらして、怒《いか》りに逆立《さかだ》っていた毛《け》がへなっとたれる。

狼男《おおかみおとこ》は大《おお》きな体《からだ》を縮《ちぢ》ませながら、1歩《ぽ》、また1歩《ぽ》と後《あと》ずさりして、ダッと逃《に》げだした。

「うぅ……うわあああ！」

その前《まえ》に、赤《あか》い目《め》を光《ひか》らせた御影君《みかげくん》が立《た》ちふさがって、

「おい、どこへ行《い》くつもりだ？」

うしろには、風《かぜ》を全身《ぜんしん》にまとっている虎鉄君《こてつくん》が立《た》つ。

「まさか、逃《に》げるつもりじゃねえよな？」

狼男《おおかみおとこ》はよつんばいになって駆《か》けだした。

御影君《みかげくん》と虎鉄君《こてつくん》は同時《どうじ》に身構《みがま》えて、そして同時《どうじ》に攻撃《こうげき》の魔法《まほう》を放《はな》った。

「炎《ほのお》よ、吹《ふ》きあがれ！」

「風《かぜ》よ、燃《も》えあがれ！」

吹《ふ》きまく炎《ほのお》と風《かぜ》がからまり、らせんを描《えが》きながら空中《くうちゅう》を走《はし》る。

ふたりの合《あ》わせ技《わざ》が狼男《おおかみおとこ》に命中《めいちゅう》し、その体《からだ》を吹《ふ》っ飛《と》ばした。

「キャイ〜ン！」

狼男《おおかみおとこ》は最初《さいしょ》の子犬《こいぬ》の姿《すがた》になり、文字通《もじどお》りしっぽを巻《ま》いて、転《ころ》げるようにして地面《じめん》の輪《わ》の中《なか》へとびこんだ。

「とっと魔界《まかい》へ帰《かえ》りやがれ！」

「二度《にど》とリンと俺《おれ》たちの前《まえ》に現《あらわ》れるんじゃねーぞ！」

わお———ん!!

返事《へんじ》のような、悲鳴《ひめい》のような、狼男《おおかみおとこ》のちょっと弱々《よわよわ》しい鳴《な》き声《ごえ》は、あたりに響《ひび》いて消《き》えた。

そして輪《わ》の通路《つうろ》は閉《と》じて、もとの地面《じめん》になった。

「リン！」

御影君《みかげくん》が駆《か》け寄《よ》ってきて、わたしを抱《だ》きしめた。

「ひゃ!? み、御影君《みかげくん》……!?」

「リン、ごめん……怖《こわ》かっただろ?」

狼男《おおかみおとこ》に抱《だ》きしめられたときは怖《こわ》かった。

でも、御影君《みかげくん》に包《つつ》まれていると安心《あんしん》する。

あったかくて、優《やさ》しくて……強《つよ》い愛情《あいじょう》を感《かん》じる。

心《こころ》に残《のこ》っていた恐怖《きょうふ》が、きれいに消《き》えてしまった。

「御影君《みかげくん》たち、みんながいてくれたから大丈夫《だいじょうぶ》。守《まも》ってくれて、ありがとう」

虎鉄君《こてつくん》がまだ怒《いか》りがおさまらない様子《ようす》で、

「あの野郎《やろう》、リンに乱暴《らんぼう》しやがって! もっとぶん殴《なぐ》っときゃよかった」

零士君《れいじくん》は真剣《しんけん》な顔《かお》で、わたしに言《い》った。

「リン、僕《ぼく》たちを助《たす》けようとしてくれる気持《きも》ちはうれしいが、無茶《むちゃ》はしないでほしい。君《きみ》がもし、他《ほか》の誰《だれ》かと口《くち》づけをしたらと思《おも》うと――」

わたしは3人《にん》と向《む》き合《あ》って言《い》った。

「しないよ。他《ほか》の誰《だれ》かとなんて、絶対《ぜったい》にしない。だって、わたしのファーストキスは……」

御影君《みかげくん》、虎鉄君《こてつくん》、零士君《れいじくん》――3人《にん》のうちの誰《だれ》かって、決《き》めている。

そう言《い》いたかったんだけど。

急《きゅう》に胸《むね》がドキドキして、顔《かお》がカ～ッと赤《あか》くなってしまって、言葉《ことば》にならなかった。

「ご、ごめん、恥《は》ずかしくて言《い》えない……！」

わたしは熱《あつ》くなった顔《かお》をあわてて両手《りょうて》で隠《かく》した。

御影君《みかげくん》たちは頬《ほお》を赤《あか》くしながらうなる。

「このかわいさは危険《きけん》すぎる……！」

「理性《りせい》がぐらっとくるな……」

「なんという破壊力《はかいりょく》……！」

蘭《らん》ちゃんがやれやれと息《いき》をついた。

「あなたたち、ラブラブするのはあとにしてちょうだい。それより白《しろ》ニャンコ、狼男《おおかみおとこ》の弱点《じゃくてん》って何《なん》だったの？」

あ、そういえば。

不死身《ふじみ》の狼《おおかみ》たちが、どうして急《きゅう》にそうではなくなったのか、気《き》になる。

御影君《みかげくん》と虎鉄君《こてつくん》も気《き》になるのか、零士君《れいじくん》に注目《ちゅうもく》した。

「狼男《おおかみおとこ》は、月光《げっこう》を浴《あ》びることで怪力《かいりき》を生《う》みだす。だから、月光《げっこう》をさえぎるもの、あるいは月光《げっこう》を消《け》すほどの強《つよ》い光《ひかり》を放《はな》つものを嫌《きら》う。具体的《ぐたいてき》には太陽《たいよう》。あと、もうひとつは――白《しろ》魔法《まほう》だ」

え？

「君《きみ》の白魔法《しろまほう》の輝《かがや》きは、月光《げっこう》を上《うわ》まわり、月光《げっこう》によってパワーアップした狼《おおかみ》たちの力《ちから》を失《うしな》わせたんだ」

わたしはぽかんとしてしまった。

「わたしの白魔法《しろまほう》で……狼男《おおかみおとこ》さんたちが？」

「そうだ。狼男《おおかみおとこ》がもっとも恐《おそ》れる天敵《てんてき》は、白魔女《しろまじょ》。つまり、君《きみ》だ」

聞《き》いていた御影君《みかげくん》と虎鉄君《こてつくん》が、ひくっと頬《ほお》を引《ひ》きつらせる。

「リンが、狼男《おおかみおとこ》の天敵《てんてき》……？」

「じゃあ、なんだ？　あいつ、天敵《てんてき》にプロポーズしたわけか？」

「そうだ」

しばし間《ま》があったあと――。

「……ぷっ」

虎鉄君《こてつくん》が吹《ふ》きだして、それを合図《あいず》に、御影君《みかげくん》と虎鉄君《こてつくん》が大声《おおごえ》で笑《わら》いだした。

「「あっはっはっはっは！」」

爆笑《ばくしょう》の声《こえ》が夜空《よぞら》に響《ひび》く。

「アホだアホだとは思《おも》ってたけど……アホすぎる！」

「ぶははは！　リンが白魔女《しろまじょ》っつったら、超《ちょう》びびってたよな？」

「びびってた、びびってた！」

「あわてて走《はし》って、足《あし》もつれてすっ転《ころ》んでさ！　しっぽ巻《ま》いて、逃《に》げ足《あし》すっげー速《はや》かった！」

「あいつ、もう、ぜってー来《こ》ねえな」

「二度《にど》と来《こ》ねえよ。っつーか、あっちが逃《に》げるって。だははは、ヤバイ、腹《はら》いてえ！」

御影君《みかげくん》も、虎鉄君《こてつくん》も、おなかを抱《かか》えて、肩《かた》を上下《じょうげ》させながら大笑《おおわら》いしている。

蘭《らん》ちゃんも誘《さそ》われるように笑《わら》いながら言《い》った。

「黒《くろ》ニャンコと虎《とら》ニャンコ、仲直《なかなお》りしたみたいね。狼男《おおかみおとこ》のおかげね」

喧嘩《けんか》していたことをすっかり忘《わす》れてしまったみたいに、ふたりで大笑《おおわら》いしている。

「そうだね」

わたしも思《おも》わず笑《わら》ったとき——。

「みなさん、楽《たの》しそうですねぇ」

ギクッ。

ふり向《む》くと、気絶《きぜつ》していた先生《せんせい》が、いつの間《ま》にか目《め》を覚《さ》まして起《お》き上《あ》がっている。

「えっと……先生《せんせい》、いつから起《お》きてました？」

まずいところを見《み》られたり、聞《き》かれたりしてないかな？

「え？　いまですけど。ところで僕《ぼく》、どうしてこんなところで寝《ね》てるんでしょうねぇ？」

ホッ。よかった、大丈夫《だいじょうぶ》みたいだ。

先生《せんせい》はあたりをキョロキョロと見《み》て、

「あれ？　五右衛門《ごえもん》はどこです？」

「え？　えっと……その……」

五右衛門《ごえもん》は実《じつ》は狼男《おおかみおとこ》で魔界《まかい》に帰《かえ》ったんです、とは言《い》えない。

答《こた》えに困《こま》っていると、零士君《れいじくん》が涼《すず》しい顔《かお》で言《い》った。

「黒《くろ》い子犬《こいぬ》なら、帰《かえ》りましたよ。飼《か》い主《ぬし》と一緒《いっしょ》に」

「えっ、そうなんですか？」

「はい」

「帰《かえ》っちゃったんですか……それはよかったです。はは……そうですかぁ……」

先生《せんせい》は笑《え》みを浮《う》かべながら、がっくりと肩《かた》を落《お》とす。

本当《ほんとう》に残念《ざんねん》そう。

ちょっとかわいそうに思《おも》えて、わたしは思《おも》わず提案《ていあん》した。

「あの、先生《せんせい》もよかったら、一緒《いっしょ》にお月見《つきみ》しませんか？」

「え？　でも……お邪魔《じゃま》では？」

「お月見団子《つきみだんご》、たくさん作《つく》ってきたんです。一緒《いっしょ》に食《た》べませんか？」

先生《せんせい》の目尻《めじり》がたれて、顔《かお》がうれしそうにゆるんだ。

「いいんですか⁉　うれしいなぁ！　生徒《せいと》からこんなお誘《さそ》い受《う》けるの、初《はじ》めてでして……

本当《ほんとう》にいいんですか？」

「ぜひ」

「ありがとうございます！　では、お言葉《ことば》に甘《あま》えて！」

先生《せんせい》、元気《げんき》になってよかった。

虎鉄君《こてつくん》が先生《せんせい》の肩《かた》に腕《うで》をのせて、

「いやー、先生《せんせい》にも会《あ》わせたかったわ、狼男《おおかみおとこ》」

「えっ⁉　前田君《まえだくん》、狼男《おおかみおとこ》に会《あ》ったんですか⁉」

「まーな」

「どんな感《かん》じでした⁉」

「どんなって……なあ？」

と、笑《わら》いをかみ殺《ころ》しながら、御影君《みかげくん》に話《はな》をふる。

「ぶっ」

「ええっ、瓜生君《うりゅうくん》も会《あ》ったんですか⁉　どこで⁉」

「うくく……いやー、あいつはもう二度《にど》と来《こ》ないと思《おも》う」

「え〜、なんでですかぁ⁉　教《おし》えてくださいよぅ」

御影君《みかげくん》と虎鉄君《こてつくん》は、また声《こえ》をあげて笑《わら》う。

ふたりとも、思《おも》い出《だ》し笑《わら》いが止《と》まらないみたい。

蘭《らん》ちゃんは幽霊《ゆうれい》の姿《すがた》でふわふわ浮《う》きながら、わたしのそばに来《き》た。

「先生《せんせい》をからかって、しょうがないふたりねぇ」

わたしは小声《こごえ》で蘭《らん》ちゃんに謝《あやま》った。

「蘭《らん》ちゃん、ごめんね。勝手《かって》に先生誘《せんせいさそ》って……」

「ぜんぜんいいわよ。あの先生《せんせい》、霊感《れいかん》ゼロでわたしの姿見《すがたみ》えてないし。それにいちおう星《ほし》占《うらな》い部《ぶ》の顧問《こもん》だしね」

みんなが笑《わら》っている中《なか》、ひとり、零士君《れいじくん》は深刻《しんこく》な顔《かお》をしている。

その視線《しせん》の先《さき》には、狼男《おおかみおとこ》が残《のこ》していった輪《わ》が落《お》ちている。

それに近《ちか》づき、拾《ひろ》おうとしたけど……零士君《れいじくん》が手《て》をふれた瞬間《しゅんかん》、輪《わ》は消《き》え失《う》せてしまった。

「不思議《ふしぎ》な輪《わ》だね。なんだったの？」

「魔法具《まほうぐ》のたぐいだと思《おも》うが、はっきりとはわからない。バースデーパーティーの招待状《しょうたいじょう》を偽造《ぎぞう》して君《きみ》に送《おく》りつけ、そして狼男《おおかみおとこ》に輪《わ》を渡《わた》してこの世界《せかい》に招《まね》いた者《もの》がいる。これは、黒魔女《くろまじょ》たちのしわざとは考《かんが》えにくい。黒魔女以外《くろまじょいがい》にも、君《きみ》にちょっかいを出《だ》す者《もの》がいるようだ」

「そうだね。でも、大丈夫《だいじょうぶ》だと思《おも》うよ」

誰《だれ》が、何《なん》のために、こんなことをしてるのかわからない。

それはやっぱり不気味《ぶきみ》だし、不安《ふあん》にも思《おも》うけど。

「わたしね、綺羅《きら》さんや群雲《むらくも》さんみたいになりたいぁって思《おも》ったけど、いまのわたしたちも悪《わる》くないんじゃないかなって思《おも》ったの。ピンチがいっぱいだったけど、御影君《みかげくん》と、虎鉄《こてつ》君《くん》と、零士君《れいじくん》と、そして蘭《らん》ちゃんと、みんなで力《ちから》を合《あ》わせてのりこえられた……それがうれしいの」

怖《こわ》い思《おも》いもしたけど、よかったこともたくさんあった。

御影君《みかげくん》たちのかっこいい姿《すがた》が見《み》られて、わたしの白魔法《しろまほう》が役《やく》に立《た》って、そしていま、みんなが笑《わら》ってる。

「何《なに》があっても、きっと大丈夫《だいじょうぶ》だよ。わたしたちが一緒《いっしょ》なら」

零士君《れいじくん》は目《め》を細《ほそ》めて言《い》った。

「君《きみ》は強《つよ》くなったな」

「そうかな？」

そうだとしたら、みんなのおかげだ。

「お月見《つきみ》、しよ」

零士君《れいじくん》は肩《かた》から力《ちから》をぬくように息《いき》をつき、そして微笑《びしょう》した。

「あぁ」

夜空《よぞら》には大《おお》きく美《うつく》しい満月《まんげつ》が浮《う》かんでいる。

こんな夜《よる》には、事件《じけん》や事故《じこ》が起《お》こったり、心《こころ》を乱《みだ》されたり、狼男《おおかみおとこ》が暴《あば》れたりするかもしれない。

（でも、みんなが一緒《いっしょ》なら）

満月《まんげつ》の夜《よる》、学園《がくえん》にわたしたちの笑《わら》い声《ごえ》が響《ひび》いた。


【おわり】

猫《ねこ》のつぶやき

御影《みかげ》「零士《れいじ》、ズルいニャ! リンとパーティ楽《たの》しんで!」
零士《れいじ》「うむ、すごく楽《たの》しかったニャ」
虎鉄《こてつ》「おまえばっか、いいとこどりしてニャいか?」
零士《れいじ》「おまえたちもリンと楽《たの》しんでいるではニャいか。
御影《みかげ》はリンとふたりきりで、猫《ねこ》クッキーを作《つく》って」
御影《みかげ》「焼《や》きたてクッキーを、あ〜んして食《た》べさせてもらったニャ〜♥」
零士《れいじ》「虎鉄《こてつ》は、リンと箒《ほうき》で空《そら》の散歩《さんぽ》を楽《たの》しんだ」
虎鉄《こてつ》「空《そら》の散歩《さんぽ》は、密着度《みっちゃくど》が高《たか》いところがポイント高《たか》いニャ〜♥」
群雲《むらくも》「ふっ……甘《あま》いニャ」
三人《さんにん》「灰色《はいいろ》ニャンコ!!」
群雲《むらくも》「その程度《ていど》で喜《よろこ》んでいるとは、甘《あま》すぎるニャ」
御影《みかげ》「おまえはどうなんだよ? 黒魔女《くろまじょ》となんか楽しいことあったのかよ?」
群雲《むらくも》「綺羅様《きらさま》に命令《めいれい》された。その命令《めいれい》が困難《こんなん》であればあるほど、喜《よろこ》ばしい」
御影《みかげ》「……それ、楽《たの》しいか?」
虎鉄《こてつ》「わがままを聞《き》くのが楽《たの》しいってことか?」
群雲《むらくも》「命令《めいれい》をやりとげれば、綺羅様《きらさま》からごほうびにキスが与《あた》えられる」
三人《さんにん》「ニャにぃ?!?」
御影《みかげ》「ごほうびがキス……だと!?」
虎鉄《こてつ》「最高《さいこう》のごほうびじゃニャいか!」
零士《れいじ》「どのようにして、そんなごほうびを……まさか、キスをねだったのか?」
群雲《むらくも》「いや、ごほうびをキスと決《き》めたのは、綺羅様《きらさま》だ」
三人《さんにん》「ニャッ……!?」
群雲《むらくも》「フッ、未熟者《みじゅくもの》たちめ」
零士《れいじ》「くっ……ニャンだ、この敗北感《はいぼくかん》は……!」
虎鉄《こてつ》「やっぱり強敵《きょうてき》ニャ!」
零士《れいじ》「いや、勝負《しょうぶ》はこれからニャ!
あいつらに負《ま》けないくらい、
俺《おれ》たちもリンとイチャイチャするニャ!」

(おしまい)

Shogakukan Junior Bunko

★小学館ジュニア文庫★

白魔女リンと3悪魔 フルムーン・パニック

2017年 7 月31日　初版第 1 刷発行

著者／成田良美
イラスト／八神千歳

発行人／立川義剛
編集人／吉田憲生
編集／山口久美子

発行所／株式会社　小学館
〒101-8001　東京都千代田区一ツ橋２－３－１
電話　編集　03-3230-5105
販売　03-5281-3555

印刷・製本／中央精版印刷株式会社

デザイン／佐藤千恵＋ベイブリッジ・スタジオ

Printed in Japan　　ISBN 978-4-09-231177-0